Hans W. Valentin

Gute Reise!

Roman

06/08

Bibliografische Information der Deutschen Nationalbibliothek
Die Deutsche Nationalbibliothek verzeichnet diese Publikation in
der Deutschen Nationalbibliografie; detaillierte bibliografische
Daten sind im Internet über http://dnb.d-nb.de abrufbar.

ISBN-13: 9783837041620

Herstellung und Verlag:
Books on Demand GmbH, Norderstedt

Gute Reise!

Die Rente ist sischer!
Norbert Blüm

Wer hier eintritt, lasse alle Hoffnung fahren
Dante Alighieri

Köln   50° 55' 42.17" N   6° 54' 59.44" O
(Google-Position)

Der weiße Ozeanriese verschwindet langsam aus dem Bild. Die Sonne geht unter und die Heckwelle verflacht immer mehr. "Das Traumschiff" ist zu Ende und wieder saßen Millionen vor dem Fernseher und träumten sich in die exotischen Gefilde, in die sie die Kreuzfahrt führt und die tollen Erlebnisse, die sie auf einem solchen Luxusschiff fern der vier eigenen Wände erleben könnten. Aber schon bei den folgenden Nachrichten ist der Traum vorbei.

Die Erde hat sie wieder. Die Luxusreise für einige Tausend Euro ist für die meisten einfach unerschwinglich und deshalb hat diese Sendung gerade bei denen, die sie sich nie leisten können, schon seit Jahren einen solch großen Erfolg. Selbst die fünfzigste Wiederholung ändert daran nichts.

Sandra Volkert hatte an dieser Sendung ein besonderes Interesse, waren ihre Eltern doch seit einigen Wochen in der Weltgegend unterwegs, in die die Fernsehzuschauer entführt werden sollten. An diesem Abend fuhr die "Deutschland" im Südpazifik verschiedene Ziele an. Die Osterinsel war ein Highlight, aber auch Valparaiso sollte angesteuert werden und weiter nach Ecuador zu den Galapagos-Inseln ging dann die Reise. Dort mussten sich jetzt auch ihre Eltern befinden, denn, zufällig passend zur abendlichen Sendung, war am Vormittag eine Postkarte aus

Valparaiso in Chile bei ihr angekommen. Valparaiso soll eine der schönsten Städte der Welt sein, konnte sie der Karte entnehmen. Die kurze Beschreibung war in spanischer Postkartensprache verfasst und sie konnte es sich mit Hilfe eines Spanisch-Deutschen Wörterbuchs im Internet zusammenreimen. Der Text, den ihre Mutter geschrieben hatte, gab nicht viel her. Schönes Wetter, schöne Stadtrundfahrt und gut gegessen. Ähnliches hatte sie schon auf den Karten aus Sydney, Fidschi und San Francisco gelesen. Bei Fidschi hieß es statt Stadtrundfahrt lediglich Landausflug. Ihr Vater war in solch nichtssagenden Postkartenbeschriftungen schon immer Meister. Ihre Mutter hatte aber immer sehr blumige und farbige Beschreibungen verschickt. Vielleicht lag es aber auch daran, dass tatsächlich schon ein gewisser Gewöhnungseffekt eingetreten war oder die vielen Ziele in relativ kurzer Zeit überfordern den Normaltouristen einfach. So richtig konnte sie es sich nicht vorstellen, denn an einer echten Kreuzfahrt hatte sie noch nie teilgenommen. Ihr Erfahrungshorizont wurde von der Traumschiff-Reihe gespeist. Für das nächste Jahr hatte sie zwar schon einmal an eine Kreuzfahrt im Mittelmeer gedacht, aber sehr viel weiter war die Idee noch nicht gediehen.

Ihre Eltern hatten sich schon ihr Leben lang eine Weltreise per Schiff gewünscht und sie sich seit Anfang des Jahres auch gegönnt. Ihr Vater hatte immer für seine Rente gesorgt, denn, wie vielen seiner Generation, klang immer noch die Mahnung der Eltern in ihnen nach, nur ja ordentlich zu kleben, was auch immer das sein mochte, aber mit Rente hatte es was zu tun. Bis zur Aufgabe des kleinen Photogeschäftes in Brühl wurde immer zusätzlich eifrig gespart, jahrzehntelang in eine Lebensversicherung eingezahlt. Das Geschäft wurde dann kurzentschlossen verkauft. Der Erlös war sogar größer als gedacht, da das Geschäft nach dem Bau eines Einkaufcenters "mitten in der City" plötzlich eine gute Lage hatte, was vorher eher nicht der Fall war. Jetzt zog dort eine Filiale einer Mode-Kette ein, die es anscheinend versäumt hatte, sich in dem Center einen Platz zu reservieren oder von dem Erfolg der "Mall", wie es in Brühl ganz Neudeutsch hieß, überrascht war.

Alles das hatte dazu geführt, eine Weltreise in Angriff zu nehmen, ohne das Einfamilienhaus am Rande des Vorgebirges in Bornheim verkaufen zu müssen. Es blieb weiter als Sicherheit fürs Alter in Reserve. Nach relativ langer Suche nach dem besten Angebot kam ihnen das Prospekt eines Bonner Veranstalters gerade recht. Was sie nämlich nicht wollten, war die Fahrt auf einem dieser neuen Fun-Schiffe, die alle Teile der Welt unsicher machten. Dort ging es um relativ kurze Kreuzfahrten in einer angesagten Gegend, mit einem Höchstmaß an Spaß. Man startete in Miami, Lissabon oder Venedig und fuhr mit allerlei jungem Volk in die angrenzende Karibik, zu den Kanaren und Madeira oder ins östliche Mittelmeer. Essen rund um die Uhr und Fun, Fun, Fun, was auch immer das heißen soll.

Sie wollten aber ihrem Alter entsprechende Vergnügungen auf dem Schiff erleben und etwas von der Welt sehen. In ihrem Geschäft gingen viele Bilder von diesen Traumzielen über den Tresen. Sie kannten dadurch zwar alles, aber immer nur aus zweiter Hand und das sollte sich jetzt ändern.

Der Prospekt der Oldmen-Group verhieß genau dies. Die "San Angelo", ein Schiff modernster Bauart, wie es in dem Prospekt hieß, gebaut in Finnland und seit drei Jahren in der Welt unterwegs, konnte es angeblich mit jedem Fünf-Sterne-Hotel an Land aufnehmen. Es fuhr praktisch immer rund um die Welt und der "hochgeschätzte Gast", wie es ebenfalls hieß, konnte ganz nach Wunsch an fast jedem beliebigen Ort an Bord gehen und solange mitfahren, wie es ihm gefiel. Die Mitreisenden waren in ihrem Alter. Nach den Angaben der Reederei fühlten sich besonders die Menschen angesprochen, die in ihrem Leben etwas erreicht hatten, denen aber bisher immer die Zeit fehlte, ihre Wünsche auch umzusetzen. Nach all der betriebsamen Zeit im Beruf, Erziehung der Kinder und Sicherung des Lebensabends, stellten sie fest, dass vieles auf der Strecke geblieben ist. Für diese Menschen, die zwar den Zenit ihres Lebens überschritten hätten, aber noch fit genug sind, die "dritte Hälfte", genauso stand es dort, erst jetzt noch aktiv erleben wollen, sei das Angebot maßgeschneidert. Bei dieser modern und vielleicht etwas pseudojung aufgemachten Ansprache wurde auch die richtige Zielgruppe erreicht. Die 65 bis 100-jährigen Erfolgsmenschen auf Weltreisekurs konnten eigentlich nichts Besseres tun, als dort zu buchen.

Margarete und Franz Schaller, sie mittlerweile 66 und er 72 Jahre alt, buchten also. Ihre Tochter Sandra forschte im Internet nach Gründen, die gegen eine Reise mit dieser Reederei und diesem Veranstalter sprachen, fand aber nichts. In einem einschlägigen Forum gab es eigentlich nur positive Einträge. Natürlich waren die Reisenden in dieser Altersgruppe nicht gerade die eifrigsten Blogger, aber eine immer größer gewordene Zahl von Senioren hatte sich längst mit dem Internet vertraut gemacht und konnte sich auch in dieser Medium mittlerweile ohne Schwierigkeiten tummeln. Letztendlich überwand Sandra ihre, auch eigentlich nur schwach ausgebildete, Skepsis und freute sich mit ihren noch recht fitten Eltern auf die Chance, in dem augenblicklichen Lebensabschnitt einen Traum zu verwirklichen. Dass es ihr großer Wunsch war, wusste sie aus vielen Urlauben, die sie sich regelrecht von ihrer Zeit abgeknapst hatten. Länger als fünf Tage war sie nie mit ihnen von zu Hause weg gewesen. Immer in relativer Nähe zur Heimat, damit man bei Schwierigkeiten sofort aufbrechen konnte und noch innerhalb von wenigen Stunden in der Lage war, den Laden aus jeder denkbaren Krise zu retten.

Einmal waren sie bis in die Bretagne vorgestoßen. Immerhin sieben Tage hatten sie dort ausgehalten und einen echten Grund den Urlaub sofort abzubrechen, gab es damals zu ihrer Überraschung auch nicht. Probleme aber, die das erfordern, kann man sich auch einreden und solange ausmalen, bis es zum direkten Urlaubsabbruch reicht. Sonst ging es höchstens an die Nord- oder Ostsee oder, was der Bretagne schon sehr nahe kam, nach Belgien und in die Niederlande. Ein immer wiederkehrendes Thema war bei diesen Urlaubsfahrten die Weltreise-Frage. Im Originalton ihres Vaters: "Es ist unmöglich unter den gerade herrschenden Randbedingungen eine Kreuzfahrt oder gar Weltreise per Schiff auch nur gedanklich ins Auge zu fassen."

Jetzt hatten sie es geschafft und waren schon seit einigen Wochen unterwegs. Die Reise war so angelegt, dass sie je nach Laune und Geldbeutel immer wieder verlängern konnten. Ein Ende war bisher noch nicht abzusehen, aber irgendwann mussten auch sie das heimatliche Ufer wieder anlaufen.

Sandras Mann Sebastian kam sehr spät nach Hause. Er war System-Administrator an der Uni zu Köln, das "zu" benutzte er immer mit dem Hinweis: so viel Zeit muss sein. Ohne Begrüßung stürzte er in die Küche, goss sich ein Glas Orangensaft ein und wetterte los:

"Ich hätte nie gedacht. dass es so viele Idioten an der Tastatur gibt - und das in einer Uni!"

Fast kannte sie die folgenden Tiraden schon, denn zu Semesterbeginn war es immer das Gleiche. Die Problem-User unter den neuen Studenten teilten sich ziemlich genau in zwei Hälften. Die einen versuchten, mehr schlecht als recht sich, am Uni-Rechner anzumelden und verursachten mit ihrer Ungeschicklichkeit Überstunden bei den Administratoren und die anderen hatten den besonderen Ehrgeiz den Uni-Computer in Hackermanier zu überlisten und an Bereiche heranzukommen, zu denen sie keine Berechtigung hatten, was weitere Überstunden nach sich zog. Diese Phase dauerte aber meist nicht länger als eine Woche, dann ging alles wieder seinen normalen Gang. Nachdem er sich abgeregt hatte, konnten wieder andere, harmlosere Themen aufs Tapet kommen.

"Sieh mal, Basti, wir haben wieder Post von Mama und Papa! Sie sind jetzt in Valparaiso."

"Schön, aber meinst du nicht auch, dass sie mal etwas mehr schreiben sollten als diese drei gestanzten Sätze? Das sind doch immer fast die gleichen."

"Ja, das ist mir auch schon aufgefallen, aber vielleicht haben sie nur wenig Zeit bei so einem Landgang. Ich weiß ja nicht, wie das so abläuft."

"Okay, mag sein. Die packen die Alten, es werden ja sicher nur Passagiere mit 60+ dort mitmachen, und fahren sie durch die jeweilige Stadt. Halten an Cafés und Restaurants mit denen die Reederei gute Beziehungen hat", dabei reibt er Daumen und Zeigefinger in der international verständlichen Geste aneinander, "füllen und füttern sie ab und dann hetzen sie weiter zum nächsten Fototermin."

"Jetzt übertreibst du aber wieder maßlos! Sie werden doch ein paar Minuten Zeit haben, um eine Postkarte vernünftig zu beschriften. Sie können sie ja schon vorher schreiben. Auf so einem Riesendampfer werden sie doch Karten von den angelaufenen Hafenstädten in einem Kiosk oder so was haben. Komisch finde ich es schon. Von meinem Vater würde ich ja nichts anderes erwarten, aber von Mama hätte ich es nicht gedacht."

"Als nächstes fahren sie sicher die Galapagos-Inseln an. Da werden sie ja wohl etwas begeisterter schreiben. Für exotische Tiere hatten sie doch schon immer was übrig."

"Dummerweise wissen wir gar nicht, wie ihre genaue Reiseroute ist. Anrufen ist ja anscheinend nicht möglich, da unten in dieser Gegend."

Sebastian saß mittlerweile auf der Couch, rutschte immer tiefer und hatte Mühe, seine Gähnattacken unter Kontrolle zu bringen.

"Tut mir leid, aber ich bin ziemlich kaputt und gehe gleich ins Bett. Bevor ich's vergesse: wir sind bei einem neuen Kollegen zu einer Einstandsparty eingeladen. Er ist aus Braunschweig zugezogen und hat sich erst jetzt hier richtig eingerichtet. Eine Wohnung mit Frau und Kind in Sülz. Eigentlich weiß ich gar nicht, ob sie überhaupt Kinder haben. Egal! Am Freitag Abend um sieben sollen wir da sein. Ist das okay?"

"Klar, ich habe an dem Tag nichts besseres vor aber leider nichts anzuziehen."

"Das musste ja kommen. Du lässt aber auch kein Klischee aus. Du wirst aber schon was finden. dein Kleiderschrank ist doch soooo groß."

Danach verschwand er im Bad. Dann sah sie ihn noch kurz, als er sich mit bereits geschlossenen Augen ins Bett tastete und ein paar Minuten später war er auch schon eingeschlafen. Sie ging dann ebenfalls ins Bett, las aber noch ein paar Seiten in "Das Totenschiff", einem Roman, der ihr beim Abstauben des Bücherregals vor ein paar Tagen auffiel, weil sie ihn immer noch nicht gelesen hatte. Aber bald fielen ihr dabei die Augen zu. Sie machte das Licht aus, denn sie wollte eingeschlafen sein, bevor Sebastian sie mit seiner Schnarcherei daran hindern konnte.

Der Abend bei Sebastians Kollegen war richtig nett. Nicht immer sind Einladungen bei Arbeitskollegen so harmonisch und lustig, auch ohne viel Alkohol und noch schöner, keiner hatte geraucht. Frank und Inga Schober sind im gleichen Alter wie die Volkerts und haben keine Kinder, noch nicht, wie sie beide betonen, denn die biologische Uhr tickt, wie es in diesen Fällen immer so schön, voll im Trend liegend, heißt.

Es waren auch noch weitere Bekannte da, aber wegen "anderer Verpflichtungen" verließen sie bald die Party und zuletzt waren sie mit den Gastgebern alleine. Was von außen nicht so richtig wahrnehmbar ist, hinter den eintönigen Fassaden der endlosen Wohnblöcke gibt es schöne Innenhöfe, in denen an den Wochenenden das gesellschaftliche Leben tobt, solange es nach 22 Uhr nicht zu laut wird. Dafür sorgt die nicht mitfeiernde Nachbarschaft schon.

Während der Grill still vor sich hin glühte, konnten sie ganz ungezwungen ihre Lebensdaten austauschen. Sebastian und Frank hatten sich dabei immer wieder in berufliche Probleme und in das ebenso weite Feld der Computertechnik verirrt. Lange hatten sie das bisher noch nicht veröffentlichte Phänomen besprochen, dass es anscheinend an allen Unis eine Studentin gibt, die auffallend oft die Zielscheibe von studentischen Hackern ist. Die Kölner IT-Kollegen an der Uni nannten sie deshalb "Server-Queen". Die Studenten versuchen mit allen Tricks an ihre auf dem Server gespeicherten Daten zu kommen. Damit liefern sie sich regelrechte Computer-Schlachten mit den Administratoren. Warum sie das tun, konnten sie an diesem Abend nicht klären und so blieb es den beiden weiterhin ein Rätsel, ist es doch eigentlich viel leichter, die betreffende Studentin einfach in der Mensa oder sonst wo anzusprechen. Sie wollten jetzt, nachdem sie erkannt hatten, dass es ein vielleicht weltweites Phänomen ist, die Sache etwas wissenschaftlicher angehen und Ursachen, Auswahlkriterien für der Queen und Hackertypologie näher erforschen. Unter Umständen sprang ja eine Diplomarbeit dabei heraus.

Ihre Frauen hatten es mehr mit weiblichen Themen, ganz wie das Klischee es so will, Familie, Haushalt und modische, beziehungsweise figürliche, Problemzonen. Während Sandra eine Vollzeitstelle in der Gesamtschule Raderthal hatte, konnte Inga mit ihrem exotischen Fächermix Geographie, Kunst und Religion an keiner Schule in Köln landen. In Derschlag oder Morsbach im Oberbergischen hätte sie nur in Teilzeit unterkommen können, deshalb hatte sie vor einem Jahr eine halbe Stelle beim Landschaftsverband Rheinland in Köln angenommen und arbeitete dort in der Pressestelle. Berufliche Themen waren also schnell abgehakt. Sie stellten zu ihrer großen Überraschung fest, dass Ingas Eltern ebenfalls auf Weltreise per Schiff waren. Es sah auch fast so aus, als wären sie auf dem gleichen Dampfer unterwegs, denn der Name des Schiffs war auch "San Angelo", aber gebucht über eine andere Gesellschaft oder Reederei, der Sevent-Lines. Ihre Eltern, sie hießen Buchheim, hatten ein Gut in der Nähe von Braunschweig und keinen Erben oder anderen Nachfolger, der die Landwirtschaft weiter führen wollte. Inga war ja Lehrerin und ihr

Bruder, der den Hof übernehmen sollte und als Agrar-Ingenieur auch vom Fach gewesen wäre, verunglückte vor sechs Jahren tödlich bei der Ernte mit dem Traktor. Sie wollten noch etwas vom Leben haben und die Reisen machen, die sie bis dahin nie machen konnten. Zu allem Unglück hatte Ingas Vater verschiedene Beschwerden, die durch eine Borreliose verursacht wurde, die bisher nicht erkannt worden war und vermutlich auf einen unbeachteten Zeckenbiss zurückzuführen war, der schon Jahre zurücklag. Ein Leiden, dass bei Landwirten relativ oft vorkommt. Das beschleunigte ihren Entschluss, möglichst schnell, bevor es gesundheitlich überhaupt nicht mehr geht, die Wunschreise zu beginnen. Das Angebot der Sevent-Lines kam ihnen da gerade recht. Sie waren jetzt schon seit ein paar Wochen unterwegs. Sandra und Inga fanden das sehr bemerkenswert, wie ähnlich die Situation ihrer Eltern war und vermuteten, dass es sehr viele agile Rentner gab, die so durch die Weltmeere schipperten und natürlich auch finanziell entsprechend ausgestattet waren. Inga zeigte ihr die letzte Karte ihrer Eltern. Wie fast zu erwarten, war sie von Ingas Mutter verfasst, kam aus Valparaiso und bestand aus den bekannten drei nichtssagenden Sätzen: Schönes Wetter, schöne Stadtrundfahrt und gutes Essen.

Sandra war etwas verblüfft, dachte aber mehr daran, dass sich Leute in dieser Altersgruppe, die solche Weltreisen per

Schiff unternehmen, doch stärker gleichen, als man so gemeinhin annimmt.

Der Abend klang genauso harmonisch aus, wie er die ganze Zeit über verlaufen war. Alle duzten sich am Ende und waren sich einig, dass es bald eine Wiederholung geben sollte, nur dass dann bei Sandra und Sebastian gegrillt werden sollte. Auch in Lindenthal kann man schön im Grünen grillen.

Auf der Heimfahrt berichtete Sandra das Wichtigste von den fraulichen Themen. Von Sebastians Seite kamen hin und wieder ein Interesse vortäuschendes "Mmh..", "Ach!" und "Echt?". Erst bei der Erwähnung der Weltreise von Ingas Eltern, hakte Sebastian wieder ganz aufmerksam ein: "Wie, die sind auf dem selben Schiff!?"

"Es scheint so. Der Name ist gleich, wenn sie es auch über eine andere Gesellschaft gebucht haben. Sie können auch immer verlängern und sind schon seit ein paar Wochen unterwegs."

"Das ist ja ein Zufall, aber andererseits nicht. Sie sind im gleichen Alter, haben anscheinend ähnliche Gründe noch einmal so etwas zu unternehmen und offenbar auch die Mittel dazu, es durchzuziehen."

"Sie haben vor ungefähr drei Wochen eine Postkarte aus Valparaiso geschickt. Allerdings scheinen sie genauso wortkarg zu sein, wie meine Eltern."

"Vor drei Wochen haben sie eine Karte aus Chile geschickt? Das finde ich aber seltsam, wenn wir erst vor zwei
Tagen eine von dort erhalten haben."

"Jetzt, wo du es sagst, finde ich es auch etwas merkwürdig.
Bleiben die so lange an einem Ort, oder fahren die dauernd
Runden um Valparaiso herum?"

"Ich weiß es nicht. Noch nicht. Ich werde gleich noch eine
Mail an Frank schicken, dass er am Montag die Karte mal
mit zur Arbeit bringt. Vielleicht können wir noch was rauskriegen. Poststempel oder so."

"Ja, das ist eine gute Idee. Ich forsche am Wochenende
mal im Internet. Irgendwas muss da ja über diese Reedereien oder das Schiff zu finden sein."

"Okay, das kannst Du machen. Ich bin am Sonntag beim
FC und am Samstag trainieren wir für den Köln-Marathon.
Ich hab' wenig Zeit und Internet-Recherchen sind ja sowieso dein Ressort, du PC-Freak.", frotzelt er, "Ich bin jetzt
wirklich echt müde. Ich schreibe noch die Mail und dann
gehe ich ins Bett. Wenn du willst, kannst du mitkommen. -
Danke, dass du die Garagentür aufmachst. Ich bin froh,
dass wir jetzt zu Hause sind. Beinahe wären mir schon bei
denen die Augen zugefallen."

An diesem Abend wurde dann auch tatsächlich nicht mehr
viel geredet und nach noch nicht einmal einer halben Stunde lag Familie Volkert schlafend und teilweise schnarchend
im Bett.   * * *

Köln   50° 55' 42.17" N 6° 54' 59.44" O

(Google-Position)

Nach dem Frühstück, der Samstag wurde immer relativ spät angegangen, ging Sandra auf den Markt und kaufte noch etwas ein, damit sie Sonntag nicht verhungerten, holte ein paar Sachen von der Reinigung ab und genehmigte sich in einem Café auf der Dürener Straße einen Cappuccino. An einem Samstag, an dem das Marathon-Training angesagt ist, wird die Kommunikation mit ihr auf ziemlich kleiner Flamme gekocht. Da ist die Marathon-Clique dran und die logistischen Probleme nehmen den ganzen Vormittag in Anspruch. Abholen, Termine verschieben, wetterbedingte Änderungen des Traininggebiets und die traditionell sich anschließende "Trainingsbesprechung" in einem Biergarten oder Kneipe brauchen ihre Zeit. Sie versteht zwar nicht, was daran so schwierig ist, hat sich aber mittlerweile an das Ritual gewöhnt. An einem FC-Tag sieht sie ebenfalls wenig von Sebastian, denn was ein echter FC-Fan ist, der braucht den ganzen Tag zur Vorbereitung und Einstimmung auf das Spiel. Und dann erst die Nachbereitung! Die ist natürlich noch zusätzlich vom Spielergebnis abhängig und deshalb sehr variabel und beim FC überhaupt nicht vorhersagbar.

Um Figurprobleme erst gar nicht aufkommen zu lassen, entfällt an solchen Tagen das Mittagessen. Dadurch hatte sie viel Zeit im Internet zu surfen und zu forschen.

Die Reedereien gibt es praktisch nicht. Immer, wenn sie einen Treffer in Google oder in einer anderen Suchmaschine landete, war nur im Cache etwas zu finden. Die aktuelle Seite gab es nicht und "Error 404 Not Found" erschien. In verschiedenen Reise-Foren gab es auch den einen oder anderen Hinweis auf Sevent und Oldmen, aber letztlich war es immer das Gleiche, ein aktuelle Seite war nicht aufzutreiben. Die Forumsbeiträge waren allerdings durchweg positiv, waren aber merkwürdig broschürenhaft formuliert. Irgendwie hatte sie den Eindruck, als wären es keine echte Beiträge, sondern Schönfärbereien, die sich die Reederei selbst geschrieben hatte. Über das Schiff konnte sie auch nichts rauskriegen, außer einem einzigen Bild eines Touristen, der es in Nassau auf den Bahamas fotografiert hatte. Das Foto war schon über ein Jahr alt und das Schiff hatte anscheinend den Heimathafen Monrovia, was sich aus den Bruchstücken "Monr.." am Heck und der liberianischen Flagge ergab, die man gut erkennen konnte. Ob es das gesuchte Schiff war oder nur eins, das zufällig den gleichen Namen hatte, war mit diesen wenigen Daten nicht festzustellen. Sie fragte sich, ob es überhaupt möglich ist, dass zwei Schiffe den gleichen Namen haben können. Wahrscheinlich schon, immerhin sind solche Namen, sprichwörtlich nur Schall und Rauch und nicht mit Internet-Adressen vergleichbar.

Mittlerweile hatte sie ein mulmiges Gefühl und fand die ganze Weltreise-Geschichte ziemlich mysteriös. Allerdings handelt es sich hauptsächlich um Passagiere einer Altersgruppe, der nicht gerade große Internetfähigkeiten nachgesagt werden, versuchte sie sich einzureden, was aber natürlich dazu führte, dass keine einschlägigen Blogs und Foren von Passagieren dieses Schiffes existierten und Bilder auch nicht.

Sie erinnerte sich, dass die Reise bei einem Reisebüro in Köln gebucht wurde. Der Entscheidungsprozess dauerte ziemlich lange und als schon alle Beteiligten glaubten, die Reise käme nie zu Stande, tauchte dieses Prospekt der Oldmen-Reederei als Retter in der Not auf und ab diesem Moment lief alles wie am Schnürchen. Diese altmodische Form des Marketings hatte vielleicht auch etwas mit der besonders internetresistenten Klientel für diese Art zu reisen zu tun. Die einzige brauchbare Angabe war eine Telefonnummer in Düsseldorf, bei der aber nur die "Kein Anschluss unter dieser Nummer"-Ansage kam, als sie die Ziffern eintippte.

Insgesamt fand sie Ihr Internet-Recherche-Ergebnis ziemlich unbefriedigend, aber ihr wurde auch klar, dass sie ohne ihren Mann nicht weiterkam, wenn sie mehr erreichen wollte. Und der war an diesem Wochenende für diese Sache garantiert nicht mehr ansprechbar.

* * *

Brühl   50° 50' 01.91" N 6° 53' 52.62 O
(Google-Position)

Am Montag kam schon um neun Uhr der Anruf von Sebastian. Frank hatte daran gedacht und die Postkarte mitgebracht. Sie war vor vier Wochen in Buenos Aires abgeschickt worden. Sandra war verblüfft.

"Wieso Buenos Aires? Das ist doch in Argentinien und auf der anderen Seite von Südamerika!"

"Ich weiß das auch, deshalb rufe ich dich ja an. Das ist ja das Merkwürdige!"

"Und was heißt das nun!?"

"Vorsichtig ausgedrückt: Da ist was faul! Wir habe schon einen Hobby-Graphologen auf die Karte angesetzt und er hat gemeint: Entweder ist die Karte unter schwierigen Bedingungen geschrieben worden, im Zug, während der Fahrt, schlechtes Licht oder was ähnliches oder sie wurde gefälscht. Irgend jemand hat die Schrift von Ingas Mutter nachempfunden."

"Dann müssen wir unsere Karte auch daraufhin untersuchen lassen. Mir wird langsam ganz anders bei dem Gedanken, dass da irgend etwas total falsch läuft. Aber was? Sag' es mir!"

"Ich habe keine Ahnung. Aber wir werden alles dran setzen, es rauszukriegen. Jetzt sind wir ja schon zu viert."

Sie überlegte, was sie tun könnte, um der mysteriösen Sache auf die Spur zu kommen. Ihr fiel das Reisebüro ein, vielleicht konnten die etwas dazu sagen, wie die Reise, gerade mit dieser Gesellschaft, zu Stande kam. Sie rief sofort in bei der Agentur in Köln an. Es war ein Reisebüro, das sich speziell auf Fernreisen spezialisiert hatte und in der Nähe von Karstadt ihren Laden hatte. Sie wurde, nachdem sie ihr Problem geschildert hatte, mit einer anderen Mitarbeiterin, Frau Welter, verbunden, die die Sache damals bearbeitet hatte. Die konnte sich noch gut an die Kunden erinnern, und zwar besonders deshalb, weil es nach endlosen Recherchen und Vorschlägen zu keinem Abschluss kam. Sandra war perplex.

"Wie, es kam zu keinem Abschluss? Sie sind aber doch schon seit Wochen unterwegs."

"Das freut mich, aber ich und auch sonst niemand in unserer Firma hat damit etwas zu tun."

"Das müssen Sie mir aber jetzt mal genauer erklären!"

"Gern. Ihre Eltern waren ziemlich schwierig, will ich einmal vorsichtig sagen, mit keinem Angebot konnte ich sie überzeugen. Hauptknackpunkt war, dass sie eine Weltreise machen wollten und zwar in einer Tour, ohne das Schiff zu wechseln. Das bot keine Linie an. Ich hatte zwar bei einigen nachgefragt, ob man nicht mehrere Kreuzfahrten sozusagen koppeln könnte, also am Ende der einen, mit der nächsten Kreuzfahrt im gleichen Schiff weiterzumachen. Das ging aber nicht, da einfach die nächste Tour mit der gleichen Route wieder begann oder das Schiff ins Dock musste und von einem anderen Hafen aus eine andere Tour fuhr oder man komplett auschecken musste, mit dem Flugzeug zu einer anderen Destination fliegen und dort wieder eine Kreuzfahrt in einem anderen Seegebiet buchen musste. Kurzum, alles was ich ihnen anbieten konnte, gefiel ihren Eltern nicht. Bei einer dieser Sitzungen, es war dann die letzte, kam, während sie bei mir saßen, ein Fax herein mit einem Spezialangebot, das ganz auf sie zugeschnitten schien. Das ist nicht ungewöhnlich. Solche Faxe kommen ständig, in denen Reiseveranstalter ihre Restbestände zu Sonderkonditionen anbieten.

Sie lasen es sich durch, bedankten sich und versprachen noch einmal wieder zu kommen, wenn sie sich das durchgelesen hätten und es tatsächlich das Richtige für sie wäre. Das war's dann. Sie kamen nicht mehr."

"Und was stand in dem Fax?"

Keine Ahnung! Ich habe es nur kurz überflogen, den für sie relevanten Teil abgeschnitten und ihnen gegeben. Es war von einer Weltreise per Schiff die Rede, wie sie so nicht bei anderen Veranstaltern angeboten würde. Mehr weiß ich auch nicht. Ein Fax mit diesem Inhalt kam danach nicht mehr rein."

"Das ist ja merkwürdig. So habe ich das damals gar nicht verstanden. Ich nahm an, sie hätten bei Ihnen alles gebucht. Trotzdem vielen Dank, Frau Welter. So ist doch ihr Name?"

"Ja, Monika Welter! Wenn ich Ihnen noch irgendwie behilflich sein kann, rufen Sie mich doch einfach an."

"Ja, mach ich. Noch Mal vielen Dank und tschüss!"

Sandra war jetzt ganz durcheinander. Sebastian war telefonisch im Augenblick nicht zu erreichen, deshalb musste sie warten bis er abends vom Dienst kam.

Inga, von der sie erfahren wollte, ob es bei ihren Eltern genau so gelaufen ist, saß in einer Besprechung und deshalb war sie erst einmal in ihrem Tatendrang gebremst.

Die Sache wurde immer undurchsichtiger. Sie wollte mit Inga sprechen und dann mit Sebastian nach Bornheim in die Wohnung ihrer Eltern fahren und dort versuchen an die Reiseunterlagen zu kommen, um endlich alles Unverständliche und Merkwürdige aufzuklären.

Nach fünf Uhr war es dann endlich soweit. Inga war zu Hause und sie konnte ihre Erkenntnisse sofort loswerden. Inga war erst erstaunt, dann erschrocken, denn so ähnlich muss es auch bei ihren Eltern abgelaufen sein und irgendwie schwante ihr Unheil bei der ganzen Sache.

Sie verabredeten sich für 19 Uhr. Sandra wollte Inga abholen und zusammen dann weiter fahren. Ihre Männer waren noch bei der Arbeit und kamen dort auch nicht weg.

Als sie dann um ca. 20 Uhr in Bornheim in der Wohnung von Sandras Eltern standen, hatten sie das Gefühl, dass irgend jemand schon vor ihnen da war. Es war nichts in Unordnung, aber der eine oder andere Gegenstand war nicht an dem Platz und in der Position, in dem er immer war. Der Anrufbeantworter war gelöscht und die Handstation lag auf dem Tisch, statt in der Halterung. Der PC war nicht eingeschaltet, aber der Bildschirm. Sandra ging zum Briefkasten. Er war leer. Als sie unschlüssig auf der Straße stand, kam die Nachbarin gerade aus dem Haus und winkte ihr. Sie ging wieder zurück in ihre Wohnung und kam gleich darauf mit einem Packen Post in der Hand zurück. Die Nachbarin hatte den Briefträger gebeten, ihr die Post für Schallers zu geben, als sie festgestellt hatte, dass trotz Nachsendeantrag in den ersten Tagen ihrer Abwesenheit weiter Post für Schallers kam. Mittlerweile käme nichts mehr und dass sie jetzt froh sei, die Briefe loszuwerden. Sandra bedankte sich und ging wieder in die Wohnung zurück.

Währenddessen hatte Inga festgestellt, dass die Festplatte des PC total gelöscht war. Auf jeden Fall war kein Betriebssystem mehr zu finden. Sie hatte dann den PC aufgeschraubt und wusste nun, dass tatsächlich jemand in der Wohnung gewesen sein musste, denn die Festplatte fehlte und damit waren auch alle Daten weg. Sandra und Inga waren verblüfft, verstört, entsetzt und das alles zugleich. Zuerst konnten sie kaum einen klaren Gedanken fassen, dann kontrollierten sie aber alle Räume, fanden jedoch keine weiteren Spuren mehr. Ein richtiger Einbruch war es anscheinend nicht. Es ging offensichtlich nur darum, Spu-

26

ren zu beseitigen, fragte sich nur, welche. Sandra fand auch die Zigarrenkiste nur leer vor, in der ihr Vater die Zugangsdaten für e-Mail, Online-Banking, ebay und Amazon und weitere Internetaktivitäten aufbewahrte. Da sie keinerlei Bank- und Reiseunterlagen fanden, konnte es sich nur um diese Dinge drehen, die der unbekannte Eindringling beiseite schaffen wollte. Sie verließen das Haus in Bornheim und machten sich auf den Weg nach Hause, um mit ihren Männern die neue Situation zu besprechen.

Sebastian und Frank waren genau so perplex wie die beiden Frauen. Sie konnten sich ebenfalls keinen Reim auf das Ganze machen, aber mit der Weltreise musste es zusammenhängen, da waren sich mittlerweile alle einig.

In dem Poststapel von der Nachbarin fanden sie einen Brief der Sparkasse von vor drei Wochen, in dem sie sich entschuldigte die TAN-Liste und die Bestätigung für das Online-Banking für alle Konten nicht an die neue Adresse geschickt zu haben. Sie würden, wenn innerhalb einer Woche keine anderslautende Anweisung von Sandras Eltern bei der Sparkasse vorläge, die erwähnten Schreiben an die angegebene Adresse zu ihren Händen bei

The Carribean (Central) Bank of The Bahamas

P.O. Box N-4868

Nassau, N.P., Bahamas

schicken.

Die Liste und die Bestätigung fanden sie auch tatsächlich in dem gleichen Briefstapel. Die waren den Eindringlingen also zum Glück entgangen.

Nachdem sie alles um und umgewendet hatten und immer noch zu keinem Ergebnis gekommen waren, fiel Sebastian ein, dass Sandras Vater ihnen sein Handy gegeben hatte. Sie holten es und hofften, dass er ein paar Zugangscodes in Telefonnummern verschlüsselt hatte. Tatsächlich fanden sie bald auch einen Karl. S. Kaiser in Köln, der, da sie niemand kannten, der so hieß, für die Kreissparkasse Köln stehen konnte.

Sie probierten es sofort aus und wählten sich per Online-Banking in das Konto ein und waren ziemlich überrascht und entsetzt, als sie eine vollkommene Leere auf allen angezeigten Konten und Sparbüchern feststellten.

Mit der TAN-Liste konnten sie also nichts mehr anfangen. Ihre Eltern hatten alles an die Bank in Nassau überwiesen und seit Wochen war kein Renteneingang mehr zu finden.

Inga nahm an, dass es sich bei ihren Eltern ähnlich verhält, konnte es aber nicht so schnell überprüfen, weil ihre Eltern ihre Wohnung aufgelöst hatten und die Möbel irgendwo in Braunschweig eingelagert waren.

Sie setzten sich alle an den Tisch im Esszimmer und überdachten bei einem Glas Rotwein die Lage. Irgend etwas war an der Sache mit der Weltreise per Schiff faul. Warum hatten die Eltern überhaupt gebucht und warum so schnell und mehr oder weniger heimlich? Diese Fragen konnten sie nicht lösen. Noch nicht. Mit rechten Dingen schien es dabei jedenfalls nicht zugegangen sein, dafür sprach der Einbruch und Datendiebstahl in der Wohnung von Sandras Eltern. Immerhin waren die mutmaßlichen Täter nicht ohne Fehler, denn die vergessenen Briefe waren eine Spur, der sie weiter folgen konnten. Es gab aber noch genug seltsame Dinge beim Ablauf der Reisebuchung, die sie sich nicht erklären konnten. Sind sie arglos einem Schwindel aufgesessen oder wurden sie dazu gezwungen? Auch dazu gab es noch keine plausible Antwort. Man hatte es außerdem ganz offensichtlich auf das gesamte Vermögen der betuchten Passagiere abgesehen. Darin waren sich alle vier einig. Konnten sie Schlimmeres noch verhindern und wenn, dann wie?

Inga fiel ein Ehepaar aus Lüneburg ein, das ebenfalls eine Schiffsreise gebucht hatte. Sie hatten, soviel sie wusste, ein kleines Hotel in oder bei Lüneburg, das aber sehr unter der Konkurrenz einer großen Hotelkette litt. Wie Ingas Mutter ihr erzählte, wollte das Ehepaar, von dem sie nicht wusste, wie ihre Eltern es kennen gelernt hatten, das Hotel verkaufen und sich aufs Altenteil zurückziehen, da in der Familie kein Nachfolger zu finden war. Den Familiennamen wusste sie auch nicht, aber das Hotel hieß Hamburger Hof und lag in einem Dorf nahe Lüneburg. Sie glaubte sich an Adendorf oder Adeldorf zu erinnern. Mittlerweile war es spät geworden und sie waren ziemlich fertig von all den neuen und merkwürdigen Entdeckungen und Erkenntnissen und entsprechend müde. Sie beschlossen alle weiteren Erkundungen auf morgen zu verschieben und erst einmal darüber schlafen.

* * *

Lüneburg   53° 16' 54.03" N   10° 26' 51.87" O
(Google-Position)

Sandras Schwiegervater war jahrelang Kriminalkommissar in Frankfurt, bis er bei einem Autounfall während einer Verfolgungsjagd am Bein verletzt wurde und seitdem nicht mehr im Außendienst einsetzbar war. Er wurde vorzeitig pensioniert und hatte seit kurzem einen Nebenjob als Einsatzleiter bei einem Wachdienst in Frankfurt. Kurz nachdem er in der Uni angekommen war, rief Sebastian ihn an und schilderte ihm alles. Er hatte sich alles angehört und die ganze Sache gleich zu einer Angelegenheit gemacht, die er in die Hand nehmen wollte. Höchste Priorität hatte seiner Meinung nach die Befragung des Lüneburger Ehepaares, weil sie alle anderen Möglichkeiten schon ausgeschöpft hatten, um das Dunkel, das die Weltreisen umgab, zu erhellen. Er fand die ganze Sache reichlich merkwürdig, fand es aber auch richtig, erst noch mehr Fakten zu sammeln, bevor man weitere Schritte unternehmen konnte, um Sandras Eltern wenigstens zu warnen, obwohl auch er im Augenblick nicht wusste, wie er sie erreichen sollte. Sebastian und Sandra waren froh, dass sie mit ihm einen sozusagen echten Profi im Team hatten.

Den ganzen Tag wälzten sie verschiedene Szenarien in ihren Köpfen. Aber so richtig konnten sie sich auf keine Theorie, sei sie auch noch so abenteuerlich, einschießen. Immerhin lebten sie in einem Land, in dem es im Wesentlichen ordentlich zugeht und wo es zwar dubiose Geschäfte gab, die sich aber im sowieso schon kriminellen Milieu abspielten oder ziemlich schnell aufgedeckt wurden. Natürlich war ihnen bewusst, dass es, wie bei allem, eine Dunkelziffer gab, deren Größe und Umfang naturgemäß aber nicht angegeben werden konnte. Eigentlich konnte es sich nur um eine Verkettung von unglücklichen Umständen handeln, die es ihnen im Moment unmöglich machte, die wahren Hintergründe der Weltreisen ihrer Eltern zu verstehen.

Diese Sicht der Dinge wurde total über den Haufen geworfen, als Sebastians Vater abends anrief und ihnen seine Erkenntnisse mitteilte. Er hatte telefonisch in Lüneburg bzw. in Adendorf recherchiert und dabei erfahren, dass das Ehepaar Gester vor zwei oder drei Wochen bei einem Unfall ums Leben gekommen war. Mit seinen guten Kontakten zu Behörden, kam er auch an die näheren Umstände. Laut einem Schreiben der Reederei, die in diesem Fall Oldstar hieß, schlug ein Beiboot durch die Heckwelle eines vorbeifahrenden Schleppers um, als Passagiere zu einer Fahrt in den Amazonas ausgeschifft wurden. Ihr Schiff lag vor der Flussmündung auf Reede. Mit ihnen kamen 16 andere Fahrgäste ums Leben und auch ein Besatzungsmitglied. Die Opfer wurden identifiziert und wegen der brasilianischen Gesetzgebung nicht überführt, sondern in Belem eingeäschert. Es gibt keine Erben, aber nach Aussage der Pfarrerin der evangelischen Kirche in Adendorf, soll das Vermögen auch nicht mehr vorhanden gewesen sein. Diese Äußerungen wären natürlich nicht amtlich, wurden jedoch auch von keinem Befragten angezweifelt. Die Pfarrerin berichtete ihm zusätzlich noch von einem Gespräch mit Frau Gester am Vortage ihrer Abreise, das ihm starke Kopfschmerzen machte. Frau Gester sprach über die Buchung der Reise und erzählte auch, warum sie so kurzentschlossen zugriffen. Allerdings erwähnte sie dabei, dass sie eigentlich nicht darüber reden sollte, mit niemandem, aber ihre Pfarrerin wäre ja sicher von diesem Verbot ausgenommen.

Frau Gester berichtete, dass die Reisen letztlich von der Rentenversicherung veranstaltet werden. Um ihr Geld anzulegen wäre sie an einem Reiseunternehmen beteiligt, das diese Weltreisen veranstaltet. Das Projekt hieße "Frei-Alt", was für "Freude im Alter" stehe. Man solle nicht darüber reden, weil es nur gut gestellten Rentnern angeboten würde, um keine Begehrlichkeiten bei "normalen" Rentnern zu wecken. Bei "normalen Rentnern" habe Frau Gester mit gekrümmten Ring- und Mittelfingern an erhobenen Händen die bekannten Gänsefüßchen in die Luft geschrieben. Die Rentenversicherung garantiere, den Ticketpreis in Höhe der monatlichen Rente nicht zu überschreiten. Die Reise kann solange dauern, wie es den Reisenden gefällt. Eine Weltreise ist so also gewährleistet, wenn es auch nicht immer auf direktem Weg geschehe und es auch schon einmal ein Stück zurück ginge und die Zeit für eine vollendete Umrundung nicht vorherbestimmt werden könne. Zum Beispiel von Japan zu den Fidschi Inseln und wieder zurück zu den Philippinen. Aber das mache ja den Reiz dieser Art des Reisens aus. Sie hätten zugeschlagen, weil sich ihnen ein solches Angebot nicht alle Tage böte.

Sebastians Vater fand das alles sehr merkwürdig, konnte aber auch auf die Schnelle keine Informationen bei der Rentenversicherung in Berlin zu dieser Aktion einholen. Er fand bis zum Abend niemanden, der je etwas von dem Projekt "FreiAlt" gehört hätte. Gerade das machte ihn besonders stutzig. Natürlich auch die Bemerkung, dass diese Reisen angeblich nur gut betuchten Rentnern angeboten werde und besonders die seltsame Bitte, Stillschweigen, sogar gegenüber Familienangehörigen zu bewahren.

Sie kamen überein, noch drei Tage zu recherchieren und dann, unabhängig von dem Ausgang ihrer Erkundigungen, sicherheitshalber Meldung bei der Polizei oder Staatsanwaltschaft zu machen.

Sie wollten sich die Aufgaben teilen. Sebastian und Frank sollten sich in diesen drei Tagen hauptsächlich um das Schiff und die Reedereien kümmern, Sebastians Vater sollte versuchen bei der Rentenversicherung etwas Greifbares zu finden.

Am Abend war ihre Bilanz ziemlich mager. Weder Sebastian, noch Frank fanden etwas Verwertbares über das Schiff oder die Reedereien, obwohl sie den ganzen Tag das Internet durchsuchten. Es gab bei "vesseltracker.com", einem Service, der den Standort von Schiffen per GoogleMaps zeigt, nichts und auch die Hafen-Webcams von möglichen Anlegestellen zeigten nichts Verwertbares. Die Reedereien waren im Internet nicht vorhanden. Es gab keine Homepages und auch keine Dokumente in den Caches der Suchmaschinen. Einzig ein paar wenige Hinweise in Reiseblogs, die sie aber mittlerweile für getürkt hielten. Ziemlich enttäuscht berichteten sie Sandra und Inga von ihren vergeblichen Bemühungen, etwas Licht in das Dunkel der Weltreise ihrer Eltern zu bringen. Als nächstes wollten sie per Telefon in den verschiedensten Registern in Bremen und Hamburg forschen, ob es dieses Schiff und die Reedereien wenigstens als Eintrag auf irgendeiner Liste gibt und sie damit vielleicht auf eine Spur trafen, die sie aufnehmen können.

Spät an diesem Abend klingelte das Telefon und als Sebastian abnahm, kam er kaum dazu, seinen Namen und Hallo zu sagen. Sein Vater war dran und überfiel ihn gleich mit hektischer Stimme.

"Du kannst dir deine Suche sonst wohin schmieren! Mit mir nicht! Ich bin doch nicht lebensmüde! Das ist mir in meiner ganzen Dienstzeit bei der Polizei nicht passiert. Nur durch Zufall bin ich überhaupt noch am Leben."

Sebastian war geschockt. So hatte er seinen Vater noch nie reden gehört. Es musste wirklich etwas Außergewöhnliches passiert sein. Er versuchte ihn zu beruhigen.

"Ich kann dir überhaupt nicht folgen. Kannst du mir das Ganze noch einmal erzählen. Und zwar ein bisschen langsamer und leiser. Was ist denn passiert?"

"Okay. Also noch einmal. Ich habe mir bei der Rentenversicherung in Berlin Blasen an die Finger getastet, aber nur herausgefunden, dass es ein Projekt "FreiAlt" vor einiger Zeit tatsächlich einmal gegeben hat, das aber bald, wegen der Nähe zu "Kraft durch Freude" und schwieriger bis unmöglicher Finanzierung, als Hirngespinst eines Abteilungsleiters, der dann auch versetzt wurde und angeblich nicht mehr für die Rentenversicherung arbeitet, gestoppt wurde. Es war geplant, entweder einen spezieller Fonds oder ein Unternehmen zur Organisation der Weltreise-Kreuzfahrten zu gründen, um damit einerseits interessante Angebote und Möglichkeiten für gut gestellte Rentner mit hohem Rentenbezug zu schaffen und anderseits auch Gewinne durch Zusatzgeschäfte zu erzielen. Eine Kostenersparnis rechnete man sich auch aus, da die Renten ja praktisch nicht mehr ausgezahlt wurden, sondern direkt in das Unternehmen oder den Fonds floss.

Namen konnte mir keiner mitteilen und ob es doch noch irgendwie realisiert wurde, wusste auch niemand von den Kontaktpersonen, die ich befragt hatte. Also ein ziemlich dünnes Ergebnis."

"Aber das ist doch noch nichts, was dich so aufbringen kann. Uns ging es doch genauso. Nichts gefunden."

"Das ist ja auch noch nicht das Ende der Story. Am Abend fuhr ich nach Hause, hatte aber den leisen Verdacht, dass mir ein Wagen folgte. Ich fuhr von Eschersheim, wo ja unsere Firma ihre Verwaltung hat, nach Hause. Seckbach ist ja nicht weit entfernt. Um Gewissheit zu haben, bin ich auf die A661 gefahren. Der Wagen, ein VW Touareg, blieb mir auf den Fersen. Hinter dem Preungesheimer Dreieck setzte er zum Überholen an und fuhr mit mir auf gleicher Höhe. Die Autobahn war relativ frei und wir waren so mit 140 km/h unterwegs. Ich konnte nicht erkennen, wer im Auto saß, aber es hatte eine verdreckte Nummer, die mit F anfing. Das konnte ich erkenne, weil ich mal kurz auf die Bremse trat und dadurch hinter ihm war. Dann fuhr er wieder auf gleicher Höhe und kam von links immer näher auf mich zu. Ich hupte, aber das störte ihn nicht. Dann zog er scharf nach rechts, um mich so abzudrängen. Das wäre ihm beinahe gelungen und das hätte auch böse geendet, wenn nicht eine Absperrung begonnen hätte, weil irgendwelche Arbeiten auf der Autobahn geplant waren. Die rotweißen Dinger standen schon und eine Baumaschine war auch dort abgestellt. Zum Glück war aber kein Mensch auf der Baustelle und zwischen Maschine und Leitplanke passte gerade noch mein Auto dazwischen, das heißt, bis auf den linken Seitenspiegel, der fehlt jetzt. Die Absperrung ging in die Ausfahrt Friedberger Landstraße über und ich konnte mich gerade noch zwischen zwei Lieferwagen drücken und an der Ausfahrt abfahren. Der Touareg fuhr geradeaus weiter."

"Das hört sich ja übel an. Das ist doch unglaublich, dass man sich hier, mitten in Deutschland, wie in einem Hollywood-Actionfilm vorkommt. Das kann doch nicht wahr sein, dass man dich regelrecht über die Klinge springen lassen will. Das geht zu weit! Wo sind wir denn da reingeraten!?"

"Ich hab' keine Ahnung, aber ich weiß, dass mir das zu heiß ist. Sucht euer Schiff alleine! So habe ich mir mein Rentnerdasein nicht vorgestellt."

"Tut mir wirklich leid, Vater. Vielen Dank, dass du mitgemacht hast. Aber so weit muss es wirklich nicht gehen. Wir müssen uns jetzt was anderes ausdenken, wie wir die

Sache weiter verfolgen. Pass auf jeden Fall auf dich auf. Vielleicht war das ja noch nicht alles."

Sie sprachen noch eine Zeitlang über die Erkenntnisse, die sie und er bei ihren Erkundigungen gewonnen oder nicht gewonnen hatten und dabei beruhigte sich Sebastians Vater langsam wieder.

Als dann die beiden Ehepaare wieder unter sich waren, mussten sie sich eingestehen, dass an der ganzen Sache doch mehr dran sein musste, als ihnen bisher bewusst war. Die Geschichte war offensichtlich ziemlich ernst zu nehmen und eigentlich blieb ihnen keine andere Wahl, als einen Passagier dort einzuschleusen, der ihnen die Informationen beschaffen konnte, die sie brauchten, um das Komplott, wenn es denn eins war, auffliegen zu lassen. Dass es in diesem Fall etwas ziemlich Kriminelles war, konnte jetzt keiner mehr leugnen.

* * *

Köln   50° 55' 42.17" N 6° 54' 59.44" O
(Google-Position)

Heißer Kandidat für den Kundschafter war ein Bekannter und ehemaliger Nachbar Sebastians. Er hatte ihn erst kürzlich bei Ikea, nach längerer Zeit ohne Kontakt, wieder einmal getroffen. Jürgen Rütter war Ingenieur in einem Chemieunternehmen gewesen und seit zwei Jahren in Rente. Während seiner Berufstätigkeit hatte er an mehreren Patenten mitgearbeitet, deren Rechte bei seiner Firma lagen. An zwei seiner Patente hatte das Unternehmen aber überhaupt kein Interesse, weil sie mit den eigentlichen Produkten des Unternehmens nichts zu tun hatten. Er hatte sie gemacht, um sich die Arbeit zu vereinfachen. Statt immer mühsam den richtigen Draht zur Spannungsmessung in einem Kabelbaum zu identifizieren und dann eine blanke Stelle freizulegen, stach er jetzt durch die Isolierung in die Kupferader und nahm seine Messung vor. Das war das eine Patent. Bei der Automatisierung einer Glasapparatur im Labor wurden mit Gas gefüllte lange Röhren gebraucht, die aber auf kleinstem Raum untergebracht werden mussten. Als die Glasbläser das für unmöglich hielten und wenn es doch gehen sollte, mit sehr hohen Kosten rechneten, nahm er sich der Sache an und fand tatsächlich eine kostengünstige und auch recht einfache Methode, die dann auch patentiert wurde. Die Rechte an der Verwertung beider Patente wurde ihm überlassen. Erst einige Jahre später zeigte sich das enorme Potenzial. Mit dem ersten Patent sicherte er sich das Recht an der Verbindungstechnik, die bei der Vernetzung von Computern mittels Ethernet weltweit angewendet wurde. Das brachte ihm einige hunderttausend D-Mark ein. Als diese Quelle aufhörte zu sprudeln, weil Lichtwellenleiter und WLAN - Netze Ethernet ablösten, konnte er mit seiner zweiten Erfindung nahtlos an den Erfolg anschließen. Die Technik Glasröhren geknickt herzustellen und im selben Arbeitsgang mit Gas zu füllen, kam bei den Energiesparlampen wieder millionenfach zum Einsatz und bescherte ihm eine Zeit lang enorme Einnahmen.

Sie hatten sich im Ikea-Cafe ziemlich ausführlich unterhalten und unter anderem war auch die Weltreise seiner Schwiedgereltern ein Thema. Er interessierte sich sehr dafür und wäre am liebsten gleich gestartet. Da er ihm aber zu dieser Zeit keine genauen Angaben zur Buchung der Reise machen konnte, hatten sie verabredet, dass er Rütter anruft, wenn er mehr weiß.

Dieser Augenblick war jetzt gekommen. Rütter war immer sehr aufgeschlossen für Neues und ein gewisses Maß Abenteuerlust war bei ihm auch vorhanden. Er war der richtige Mann für diesen heiklen Auftrag. Er musste nur noch zusagen und ähnlich vorgehen wie ihre Eltern und auch in das Visier des Veranstalters gelangen, dann stand einer gezielten Ermittlung am Ort des Geschehens nichts mehr im Wege. Sie stellten sich vor, dass er, der sich mit Elektronik immer noch bestens auskannte, Mittel und Wege fand, ihnen eine genaue Positionsbestimmung des Schiffes zu liefern, damit sie dann im geeigneten Moment zuschlagen könnten, falls sich ihr Verdacht auf eine kriminelle Sache bestätigt.

Wie fast schon erwartet und auch erhofft, stimmte Herr Rütter sofort zu, verlangte aber, dass seine Frau von dem speziellen Auftrag, der mit dieser Reise verbunden war, noch nichts erfahren sollte. Nach ein paar Tagen meldete er sich wieder, um ihnen zu berichten, wie er sich die Positionsbestimmung und Weiterleitung an sie gedacht hatte. Er kam auf diese Methode bei der Vorbereitung der Reise. Für seinen Hund, einen Mittelschnauzer, suchte er eine Hundpension und fand auch in der Eifel die richtige. Sie wurde von einem bekannten Hundeforscher betrieben und bei der Besichtigung der Anlage kam ihm auch die Idee zur Ortsbestimmung auf hoher See. Der Forscher hat schon viele verschiedene Wolf- und Hundeforschungsprojekte betreut, bei denen er mittels GPS-Ortung die einzelnen Tiere, deren Bewegungen und Wanderungen in unwegsamen Gelände erfasste. Einen solchen Empfänger will er in einem Elektrogerät, er dachte dabei an seinen Rasierapparat, mit auf das Schiff schmuggeln und schon kann mittels Google die Position bestimmt und am PC auf einer Karte dargestellt werden, wenn das GPS-Gerät im Bereich einer Mobilfunkstation ist und seine Ortungsdaten auch per SMS loswird. Die moderne Elektronik und Datenverarbeitung macht's möglich. Ein globaler Einsatz von Technologie, der auch dem Normalbürger Fähigkeiten verschafft, die sonst nur den James Bonds dieser Welt zur Verfügung stehen. Sandra, Inga, Sebastian und Frank waren begeistert von ihrem neuen Mitarbeiter vor Ort. Jetzt musste die obskure Reiseagentur nur noch anbeißen und die Ermittlungen konnten in eine neue Phase eintreten.

Die Beunruhigung bezüglich dem Verbleib ihrer Eltern wurde nämlich immer größer. Seit der letzten Karte hatten sie kein Lebenszeichen mehr von ihnen erhalten.

Das Reisebüro wurde sorgsam ausgewählt. Ein Eine-Frau-Betrieb in Erftstadt sollte die Weltreise per Schiff zusammenstellen. Erwartungsgemäß dauerte es seine Zeit und nach vielen Anfragen, Angeboten, Terminverschiebungen und Ablehnungen seitens des Kunden Rütter, war das Reisebüro schier am verzweifeln. Nach fast zwei Wochen heftigster Recherche kam dann endlich das erlösende Fax. Eine Reederei Aldman hatte offensichtlich den Wunsch des ausgefallenen Kunden erraten und bot genau das an, was gefordert wurde. Herr Rütter nahm das Fax entgegen, bedankte sich bei der eifrigen Reisefachfrau für ihre Mühe und gab an, sich wieder melden zu wollen, wenn er das Angebot genau studiert und für gut befunden hätte.

Mittlerweile hatten sie den Kontakt untereinander auf Briefwechsel umgestellt. Nach den Erfahrungen von Sebastians Vater, rechneten sie mit einer Überwachung. Ob das auch das Abhören von Telefongesprächen einschloss, wussten sie nicht. Sicherheitshalber schrieb Herr Rütter Briefe, die er an verschiedenen Stellen in Postshops abgab und Sebastian übergab seine Antworten am Zeitungskiosk, entweder persönlich unauffällig oder durch den Kioskbesitzer, eingelegt in die Tageszeitung.

Tatsächlich wurden sie von dem Reiseveranstalter gebeten, über die Einzelheiten der Weltreise nicht zu reden und zur Buchung nur mit der angegeben Adresse Kontakt aufzunehmen. Es handelte sich um ein Reisebüro in Aachen. Die Adresse gab es zwar, aber keinen Laden oder eine Reiseagentur, lediglich ein Briefkasten in einem Bürohochhaus war entsprechend beschriftet. Es wurde auch eine Telefonnummer angegeben, bei der man auch Erkundigungen einholen konnte und Fragen beantwortet bekam. Alles hörte sich sehr seriös und unverfänglich an. Die Reise wurde angeblich von der Rentenversicherung unterstützt und sogar in deren Auftrag durchgeführt. Wenn man den Fragebogen genau analysierte, dann wurde schon klar, wie das Vorhandensein bzw. Nichtvorhandensein von Angehörigen und finanzieller Status erforscht wurden. Wahrscheinlich wurden die Angaben dann noch einmal heimlich überprüft, bevor das Okay zur Reise gegeben wurde. Rütters bekamen nach einigen Tagen die "Erlaubnis" auf Weltreise zu gehen.

Die Einschiffung sollte in San Francisco stattfinden, da dort die "San Angelo" zum angegeben Zeitpunkt liegen würde. Der Flug nach San Francisco führte mit British Airways von Düsseldorf über London nach Kalifornien.

Ein normaler Reisende konnte an der ganzen Prozedur nichts irgendwie Kriminelles entdecken. Alles lief scheinbar korrekt ab und nur der Hinweis auf das absolute Stillschweigen konnte als merkwürdig angesehen werden. Aber da die meisten Leute scharf auf Rabatte und Vergünstigungen waren und sich auch besonders hoch geschätzt fühlen, wenn sie zur vermögenden Schicht mit Sonderrechten und Privilegien zählen, werden eventuell aufkommende Zweifel an der Lauterkeit eines Angebots schon im Keim erstickt.

Eine Benachrichtigung von der Rentenversicherung kam nach zwei Tagen. Sie bestätigte die Zusammenarbeit mit dem Veranstalter Aldman und versprach alle finanziellen Transaktionen zu der geplanten Weltreise, zu der sie Familie Rütters herzlichst gratulierten, zu ihrer vollsten Zufriedenheit abzuwickeln. Alles in Allem freuen sie sich, ihnen dieses wirklich zeitgemäß moderne Angebot machen zu können, wieder mit der Bitte über die Einzelheiten vorerst Stillschweigen zu bewahren, weil das Kontingent, aus verständlichen Gründen, nur begrenzt sei.

Herr Rütter war bereit, sich auf dieses Abenteuer einzulassen und auch seine Frau zog jetzt mit. Kopfzerbrechen bereitete ihnen nur die Tatsache, sich im Gefahrfall nicht sofort bemerkbar machen zu können. Die Ortung per GPS und die entsprechende Datenübermittlung war grundsätzlich möglich, wenn das Gerät an Bord geschmuggelt werden konnte, wenn immer geladene Batterien vorhanden waren, wenn es gelang, das Gerät unauffällig an einen Platz mit ungestörtem Empfang zu platzieren und wenn es möglich war, das wichtigste Glied in der Kette, ein Mobilfunksignal abzusetzen. Sehr viele Unwägbarkeiten, die die Kommunikation erschwerten oder sogar unmöglich machten. Herr Rütter nahm in seiner Geldbörse einige Knopfzellen mit, getarnt als Münzen. Seinen Rasierapparat hatte er umgebaut, damit dessen Akku im Notfall auch als Stromquelle für den GPS-Empfänger dienen konnte.

Da Landgänge und Besichtigungen auf dem Tourprogramm standen, rechneten sie mit längstens sieben Tagen auf See, an denen keine Daten über den Standort des Schiffes gesendet werden konnten. Blieb also der Empfang von Daten länger als zehn Tage aus, sollten, so wurde es abgesprochen, die richtigen Stellen, Polizei oder Küstenwache des entsprechenden Landes, mit den letzten Standortdaten alarmiert und aktiviert werden. Da die Rütters ja vorgewarnt mit allem rechneten, glaubten sie alles im Griff zu haben und das hohe Risiko einer solch ungewissen Reise eingehen zu können.

Um diese Dinge besprechen zu können, traf man sich auf Bahnhöfen, in Museen und in den Brauhäusern der Kölner Altstadt in immer anderen Besetzungen. Trotz größter Umsicht, gelang es ihnen nicht, Personen auszumachen, die als Überwacher in Frage gekommen wären. Allerdings waren sie auch keine echten Profis und hatten denen gegenüber ein erhebliches Erfahrungsdefizit aufzuweisen.

* * *

San Francisco, Ca, USA
37° 49' 21.62" N 122° 26' 42.17" W
(Google-Position)

Die Abreise in Düsseldorf, der Transit in London-Heathrow und der Flug nach San Francisco verlief völlig unkompliziert und ohne besondere Vorkommnisse, wenn man einmal davon absah, dass in London das Gepäck besonders gründlich untersucht wurde und Herr Rütter sogar den Rasierapparat aus dem Koffer holen und ihn dem Kontrolleur in Aktion vorführen musste. Das konnte aber auch auf die besonderen Sicherheitsmaßnahmen für Flüge nach den USA zurückzuführen sein. In San Francisco angekommen, wurden sie schon am Gepäckband ausgerufen und zu einem Treffpunkt in der Abflughalle gebeten, einem der Meeting-Points, wie es sie in jedem Flughafen gibt. Hier erfuhren sie zu ihrem großen Erstaunen, von dem direkt anschließenden Transfer per Helikopter zum Schiff, das in der San-Francisco-Bay in der Nähe von Alcatraz auf Reede lag. Man erklärte das mit dem vorzeitigen Auslaufen zur nächsten Station der Kreuzfahrt, der Baja

California in Mexiko, was eine kleine Änderung der ihnen vorliegenden und geplanten Tour bedeutete. Nach San Francisco zurück kämen sie aber auf jeden Fall noch einmal im Verlauf ihrer Zeit an Bord der "San Bartolomé". Auch das eine ziemlich gravierende Änderung, denn so erklärte sich auch ihre vergebliche Suche nach der "San Angelo". Sie ließen sich versichern, dass das andere Schiff in nichts dem gebuchten nachsteht, es vielmehr das sogar etwas später gebaute und damit modernere Schwester-schiff der "San Angelo" wäre. Sie gaben sich den Anschein ganz beruhigt zu sein und ließen sich zu dem Helikopter fahren, in den auch das Gepäck geladen wurde. Rütter hatte aber vorher die Tasche mit Toilettenartikeln, wie Zahnbürste und dergleichen herausgenommen, um seinen Spezial-Rasierapparat in seiner unmittelbaren Nähe zu haben.

Der Hubschrauber stand schon mit laufenden Rotoren auf dem Startplatz in der Nähe eines Stadions. Ein Mann sprang heraus, griff sich ihre Koffer und wuchtete sie ins Innere. Sie folgten seinen Anweisungen und stiegen auch ein. Mit ihnen flog anscheinend ein weiteres Ehepaar zum Schiff. Bei der leisen Unterhaltung der beiden glaubten sie ein schwäbisch gefärbtes Deutsch zu hören. Kaum hatten sie sich angegurtet, startete der Hubschrauber auch schon und flog über das Stadion Richtung Bay und landete kurze Zeit später auf dem Schiff. Von der Stadt, der Golden-Gate-

Brücke und Alcatraz sahen sie fast nichts, denn die Fenster waren klein und aus ihrer Position hatten sie sowieso keine gute Sicht.

Das Gebäck wurde ausgeladen und sie und das andere Ehepaar zu der Treppe ins Schiffsinnere geführt. Hinter sich hörten sie den Hubschrauber, der sich mit Donnergetöse wieder erhob und über ihre Köpfe hinweg Richtung Stadt verschwand.

Die Treppe führte zu einem großen Raum, vom dem aus lange Gänge in zwei Richtungen führten und in der Wand befanden sich die Türen zu drei Aufzügen. Die Wände waren hellgrau gestrichen, die Türen und der Gangboden dunkelgrau. Das Gepäck stand schon auf zwei Wagen und kaum hatten sie sich halbwegs orientiert, kamen drei uniformierte, mexikanisch aussehende Männer vom Schiffspersonal und schoben die Gepäckstücke in einen Aufzüge, dessen Tür sich gerade öffnete. Auf dem Rücken der Männer stand Security in blauen Buchstaben auf ihren grauen Uniformen. Einer der Drei sprach zwar Deutsch, aber mit einem starken, undefinierbaren Akzent. Er sagte ihnen, dass das Gepäck in ihre Kabine gebracht würde und sie mit ihm im Aufzug zur Rezeption auf einem der unteren Decks fahren würden. Dort sollte ihnen ihr Bordpass ausgehändigt werden, den sie immer bei sich haben sollten und über den auch abgerechnet würde. Aber das würden sie dort alles genau von ihrem Betreuer erfahren.

Irgendwie hatte dieser Empfang und die Umgebung etwas von einer Jugendherberge. Als sich die Aufzugtür dann wieder öffnete, sah die Welt schon etwas mehr nach Kreuzfahrt aus. Sie betraten eine weite Halle, die sich anscheinend in einem der unteren Decks befand, denn der Blick nach oben endete fast im Unendlichen. An der gegenüberliegenden Seite sahen sie Kabinen nach oben und unten schweben. Die Rezeption war links von ihnen und mit zwei dunkelhaarigen Damen besetzt, die offensichtlich aus der Karibik stammten. Sie nannten dort ihren Namen und schon hatten sie ihren Bord-Pass in der Hand. Man überreichte ihnen zusätzlich eine kleine Mappe, mit den Hinweisen und Tipps, die ihnen den Aufenthalt so angenehm wie möglich machen sollten. Mittlerweile wussten sie fast nicht mehr, wo ihnen der Kopf stand. Den Bezug zur realen Welt hatten sie vollkommen verloren. Ihr Zeitgefühl war ihnen ziemlich abhanden gekommen, denn die Uhr, die in der Halle über dem Eingang zu dem Speisesaal hing, zeigte 21:23 Uhr an, aber sie waren schon todmüde. Sie nahmen an, dass es sich um die jeweilige Ortszeit handelte. Daneben zeigte ein Schiffssymbol an, ob das sich das Schiff in Bewegung befand. Der Hintergrund war grün, ob es das Zeichen für "Fahrt" war, konnten sie nur ahnen. Die Anmeldeprozedur setzte sich fort. Die zweite Dame eröffnete ein Konto, auf das sie alles buchen mussten, was über die drei Mahlzeiten und das jeweilige Getränk zum Essen hinausging. Wenn sie wollten, könnten sie sich noch in den Speisesaal begeben und das Dinner zu sich nehmen. Die Ausgabezeit sei von 20 bis 22 Uhr. Nach dem Essen könnten sie dann mit dem Einchecken weitermachen, bis dahin hätte sie dann auch alles beisammen, meinte die Dame am Schalter. Das ließen sie sich nicht zweimal sagen und gingen direkt in den Saal. Sie wurden von einen philippinisch aussehenden Mann empfangen, der sie auch sofort zu einem Tisch geleitete, an dem schon zwei Ehepaare saßen. Das Paar, das mit ihnen im Hubschrauber saß und ein weiteres, das sich aber nur kurz vorstellte und dann aufstand und den Tisch verließ. Das neue Ehepaar war aus Ettlingen. Sie hatten vor kurzem ihre kleine Schraubenfabrik verkauft und wollten noch was von der Welt sehen. Das andere Paar kam aus Essen, soviel hatten sie schon verraten. Wenn man sich umschaute konnte man den mittlerweile halb leeren Speisesaal überblicken und sah an allen besetzten Tischen Ehepaare, die deutlich im Rentenalter waren. Es gab, von dem Servicepersonal abgesehen, keinen unter Sechzig im Saal. Es war sehr still im Saal, was ungewöhnlich für einen Raum dieser Größe auf einem Schiff mit Touristen ist, aber vielleicht damit zu erklären war, dass keine Kinder und junge Leute an Bord waren und die Ehepaare sich anscheinend auch mit wenigen Worten verstanden. Der Kellner machte ihnen klar, dass er infolge der fortgeschrittenen Zeit nur noch ein einziges Menü servieren konnte. Sie bestellten es, ohne die Karte gesehen zu haben. Ceasar's Salad, Schnitzel mit kleinen Kartoffeln und Erbsen und Schokoladen-Eis zum Dessert. Das Menü und die Zusammenstellung kamen ihnen doch sehr simpel für ein Kreuzfahrtschiff vor, sie wussten aber nicht, was es noch gegeben hatte und wollten eigentlich auch nur eine Kleinigkeit essen und dann schnell ihre Kabine aufsuchen und erst einmal schlafen. Dem anderen Ehepaar ging es anscheinend auch nicht anders, weil während der Mahlzeit wenig gesprochen wurde und alle froh waren, dass sie heil angekommen waren. Sie würden in den nächsten Tagen noch genügend Zeit haben, sich besser kennen zu lernen.

An der Rezeption bekamen sie eine Karte als Schlüssel für ihre Kabine. Seltsamerweise wurde ihr Handgepäck noch einmal kontrolliert und sie wurden gebeten ihr Handy, falls sie eins hätten, abzugeben, weil es die Navigationsgeräte an Bord stören würde. Die Schlüssel-Scheckkarte dient auch gleichzeitig als Kreditkarte auf dem Schiff. Es gab keine Barzahlung, alle Zusatzkosten werden über diese Karte und ihr Konto abgerechnet. Sie mussten noch eine Lastschriftgenehmigung für die Reederei unterschreiben und dann wurden sie von einem philippinischen Pagen zu ihrer Kabine begleitet. Er sprach anscheinend kein Deutsch und deshalb ging der lange Marsch durch die Gänge des Schiffes ziemlich wortlos vonstatten. Nach einigen Wendungen, Treppen und Türen hatten sie endlich ihre Bleibe

für die nächste Zeit erreicht. Immerhin lag die Kabine ungefähr 5 Meter über dem Wasserspiegel und durch die Bull-
augen konnten sie zu ihrem Erstaunen erkennen, dass das
Schiff mittlerweile ordentlich Fahrt machte und gerade die
Golden Gate Bridge unterquert hatte. Ihr Gepäck stand
mitten im Raum und sie verbrachten die nächste halbe
Stund mit dem Einräumen ihrer Kleidung in die verschiedenen Kleiderschränke und Schubladen. Sie waren nun wirklich müde und legten sich ohne noch einen Schlaftrunk zu
nehmen direkt ins Bett. Ein Willkommensgetränk hatte man
sich sowieso gespart. Nach kürzester Zeit schliefen sie ein.
Um Sieben Uhr wurden sie durch ein Klingelton, von dem
sie erst nicht wussten wo er herkam, geweckt. Die Quelle
war ein Lautsprecher in der Kabinendecke. Nach dreimali-
ger Wiederholung des Tons wünschte ihnen eine weibliche
Stimme einen guten Morgen und kündigte ihnen nach dem
Frühstück die obligatorische Notfall-Übung mit Schwimmweste an. Um Zehn Uhr sollten sie sich an dem für ihr Deck
zuständigen Sammelplatz einfinden und zwar pünktlich und
mit angelegter Schwimmweste. Sammelstellenplan und
Anweisungen, wie die Schwimmweste anzulegen ist, wäre
dem Aushang an der Tür zu entnehmen. Jetzt kamen sie
sich wirklich wie in einer Jugendherberge vor und zwar in
einer von vor 50 Jahren. Dem Aushang konnten sie auch
die Frühstückszeiten entnehmen und auf welchem Deck
der entsprechende Frühstücksraum war. Ein Blick aus

dem Bullauge bestätigte, dass sie auf hoher See waren, denn so weit das Auge reichte, Wasser und blauer Himmel. Da sie jetzt ja schon einmal wach waren, zogen sie sich an und machten sich auf den Weg. Herr Rütter hatte sich den Weg, so gut es am vorigen Abend noch ging, eingeprägt, aber trotzdem mussten sie ein paar Mal umkehren und mit dem Lift zu einem anderen Deck fahren. Alle Gänge sahen ziemlich gleich aus und außer Buchstaben und Zahlen gab es keine Hinweisschilder. Nach einigen Minuten, die ihnen wie Stunden vorkamen, landeten sie dann endlich im richtigen Saal. Am Eingang stand ein uniformierter Mexikaner und wies zu ihrem Tisch. Sie saßen mit dem Ehepaar, das mit ihnen am Vortag in San Francisco an Bord kam und einem weiteren Ehepaar aus Deutschland zusammen. Sie stellten sich noch einmal vor, da das gestern zu kurz gekommen war. Das mit ihnen gekommene Ehepaar, die Bechtles aus Ettlingen, waren nicht sehr gesprächig. Mehr als ihren Namen und ihre Heimatstadt verrieten sie nicht. Die Wechslers, Nummer 34591, beide waren bis zu ihrem Ruhestand in einem Chemieunternehmen tätig, aus Frankfurt, gaben sich schon etwas offener. Sie lebten seit drei Wochen an Bord und boten sich ihnen als Führer für die ersten Tage auf dem Schiff an. Herr Wechsler schaute sich oft um, wenn er sprach und senkte auch schon einmal die Stimme, als nähmen sie allesamt an einer großen Verschwörung teil.

Das Frühstück stellte sich als sehr übersichtlich heraus. Zwei Brötchen, Marmelade und die bekannten zwei Wurst- und Käsescheiben. Immerhin konnte man zwischen Kaffee und Tee wählen und auch ein Glas Orangensaft wurde serviert. Sie hatten einen so genannten Table-Guy, wie er sich ihnen selbst vorstellte, ein grauhaariger Afrikaner aus Kenia, der immer in ihrer Nähe war. Sonderwünsche wur- den auf einem Zettel notiert, den man sich von einem Block, der auf dem Tisch lag, abriss und mit einem Bleistift, der an einer Kette und dem Tisch befestigt war. Die ent- sprechenden Dinge wurden angekreuzt und dann auch auf ihre Karte gebucht. Für Croissants, Obst und Müsli wurden 5,20 Euro pro Person mehr verlangt. Etwas verwundert sahen sie Herrn Wechsler an und erhofften sich einen Kommentar von ihm als einem mit den Gepflogenheiten an Bord vertrauten Passagier. Aber Herr Wechsler verdrehte nur die Augen und bot ihnen nach dem Frühstück einen Rundgang an. Sie wären dann wieder rechtzeitig zur See- not-Übung wieder zurück. Dafür werde er schon sorgen. Offensichtlich kannte er die Prozedur. Nach seinen Worten wurden diese Seenotrettungsübungen immer dann ange- setzt, wenn neue Passagiere an Bord gekommen waren.

"Hatten sie denn gestern einen schönen Landausflug in San Francisco?" fragte Herr Rütter, um das Gespräch et- was in Gang zu bringen.

"Landausflug ist gut!", sagte Herr Wechsler, "Wir wurden in einem Bus durch San Francisco geschaukelt und verbrachten eigentlich den ganzen Tag in dieser Blechbüchse, denn amerikanische Busse hatte ich etwas komfortabler in Erinnerung. In der Mission Dolores hatten wir für eine halbe Stunde Ausgang. Also Ausgang in Anführungsstrichen. Noch nicht einmal Postkarten konnten wir schreiben. Die Karten bekommt man am Abend vor dem Ausflug ausgeteilt, alle die gleichen. Die geschriebenen Karten werden vor dem Landgang noch im Schiff eingesammelt, angeblich weil man Schwierigkeiten hätte, einen Briefkasten zu finden und werden dann vom Personal irgendwo eingeworfen. Ich glaube nicht so richtig daran. Die schreiben die Karten selbst."

Dann senkte er wieder die Stimme. Sie konnten ihn kaum noch verstehen.

"Wir waren die einzigen Touristen in der Mission, denn es war schon nach der offiziellen Öffnungszeit. Dann ging es zu Fisherman's Wharf. Wieder eine halbe Stunde Freigang. Allerdings war schon nach zehn Minuten Schluss mit lustig, denn ein paar aufdringliche Burschen bedrängten uns und versuchten dabei, uns die Handtaschen und die Wegwerf-Kameras zu klauen. Sie wurden aber durch unseren Fahrer und den Führer mit Pfefferspray in die Flucht geschlagen und der Freigang war zu Ende."

"Das hört sich ja nicht sehr touristenfreundlich an. Was meinen sie denn mit Wegwerf-Kameras?"

"Ach ja! Das wissen sie ja noch nicht. Unsere Kameras hat man uns abgenommen und wenn wir an Land gehen, kriegen wir alle Wegwerf-Kameras, gegen Aufpreis natürlich, und die Bilder werden hier an Bord entwickelt, ebenfalls gegen einen geringen Unkostenbeitrag, versteht sich."

Herr Rütter war jetzt doch ziemlich geschockt. Das etwas mit diesem Schiff nicht in Ordnung war, hatten sie ja von vornherein angenommen, aber dass es so offensichtlich war, hätte er nicht für möglich gehalten. Insgesamt war die Stimmung im Frühstückssaal nicht gerade gehoben. Man hörte das Klappern von Geschirr, leise Gespräche, aber kein Lachen und die sonst in solchen Räumen unvermeidliche Musikberieselung hatte man sich offensichtlich auch gespart.

Die jeweiligen Ehefrauen am Tisch hatten während des ganzen Frühstücks überhaupt kein Wort von sich gegeben. Auch das war ja nicht mit früheren Reisen zu vergleichen, denn immer gab es ausreichend Themen, denen sich die Damen widmen konnten, egal in welcher Weltecke man sich gerade aufhielt.

Jürgen Rütter begann sich jetzt schon, am ersten Tag auf See, Sorgen zu machen, dass sie sich mit dieser Mission ein ziemliches Problem eingehandelt haben könnten.

Nachdem der Table-Guy wieder in Aktion getreten war und den Tisch abgeräumt hatte, gingen Rütters mit Wechslers aus dem Saal und Herr Wechsler schob sie in eine Glasgondel, die an der Seite des riesenhaften Hauptraums als eine von drei Liften nach oben führte. Hier konnte man entfernt noch etwas vom Glamour eines Kreuzfahrtschiffes erkennen, wenn auch die Hunderte von Lampen, Strahlern und sonstigen Beleuchtungskörpern fehlten. Von munteren hellen Farben konnte auch nicht die Rede sein. Der Teppichboden war in Grautönen gehalten und die Wände waren blau. Als der Lift an seinem höchsten Punkt hielt, stiegen sie aus und Herr Wechsler schaute sich nach rechts und links um, bevor er ganz nach außen trat. Sie waren nun auf dem Oberdeck und hatten jetzt vollen Blick auf den Ozean. Zum Bug hin gab es einen großen ovalen Swimming-Pool, Schwimmer und Sonnenhungrige suchte man aber vergebens. Das Oberdeck war menschenleer. Das war sehr verwunderlich. Vielleicht war es einfach zu früh und die Passagiere auch nicht mehr die Jüngsten. Herr Wechsler klärte sie aber sofort auf. Der Pool war nur an zwei Tagen in der Woche geöffnet, nämlich am Mittwoch und Sonntag. Überhaupt wurde es nicht gern gesehen, dass sich Passagiere frei auf dem Oberdeck aufhielten.

"Vielleicht halten sie mich für verrückt, aber ich bin sicher, dass man nirgends frei reden kann, außer hier oben im Freien."

"Wie meinen sie das? Können sie das beweisen?"

"Keiner der Passagiere, mit denen ich schon geredet habe, will mit mir etwas zu tun haben. Bei jedem Neuankömmling versuche ich es. Sie sind eben heute dran. Aber um ihre Frage zu beantworten, ja, das kann ich."

"Zum Glück hält man mich für einen Spinner und meine Verschwörungstheorien für reichlich daneben. Anscheinend ist noch keiner darauf gekommen, Spitzel einzuschleusen. Sie fühlen sich ziemlich sicher hier auf dem Schiff."

"Sie können sich auf uns verlassen. Ich höre mir gern alles an, was sie hier beobachtet haben."

"Gerade vorgestern hatte ich wieder ein Erlebnis, das es nahe legt, an Belauschen und Abhören zu glauben. Ich hatte am Frühstückstisch, und nur dort, zu den damaligen Tischnachbarn gesagt, die in San Francisco von Bord gingen, dass ich gerne in Monterey in das dortige Aquarium gehen würde, wenn wir doch jetzt nach Süden fahren. Am nächsten Tag war ich an der Rezeption, um mich zu erkundigen, ob schon Anmeldungen für den Landausflug in San Diego möglich sind. Die Dame an der Rezeption tippte, sofort nachdem sie meinen Namen auf der Karte gelesen hatte, auf ihrer Tastatur herum, hatte irgendwas am Bildschirm aufgerufen und sich dabei meine Frage angehört. Ohne den Blick vom Bildschirm zu nehmen, hat sie dann gesagt, dass es mit dem Aquarium in Monterey nichts wird. Als ich dann so etwas wie: "Häh?", von mir gab, war sie

58

ganz erschrocken, weil sie merkte, dass sie etwas Falsches gesagt hatte und bat mich meine Frage noch einmal zu wiederholen."

"Ja, das ist sehr merkwürdig. Aber ein richtiger Beweis ist es auch nicht. In San Diego gibt es Sea-World und vielleicht hat vor Ihnen schon einmal jemand so etwas gefragt und die Antwort lag quasi in der Luft."

"Mag sein. Aber ich lasse mich dadurch nicht von meiner Ansicht abbringen."

"Haben sie denn noch weitere Merkwürdigkeiten erlebt?"

"Das kann man wohl sagen. In Seattle bei einer dieser geschlossenen Stadtrundfahrten wurde an einem Pier Halt gemacht, der zu dieser Zeit praktisch menschenleer war. Gerade war eine Familie abgefahren. Kaum aus dem Bus ausgestiegen, bin ich zu einem dieser Fernrohre gegangen und siehe da, man konnte noch hindurchsehen. Auf der anderen Seite der Bucht lag unser Schiff. Ich nahm es aufs Korn und sah einen ganz anderen Namen an der Seite. Gerade, als ich schon dachte, ich hätte aus Versehen das falsche Schiff betrachtet, wechselte der Namen auf "San Bartolomé". Es war unser Schiff. Die haben an den Seiten so riesige Tafeln wie im Fußballstadion angebracht. Das vereinfacht denen dann die Namensänderungen auf hoher See oder vor der Einfahrt in einen Hafen."

"Das ist ja wirklich seltsam. Wir werden uns noch darüber unterhalten müssen, aber jetzt sollten wir uns auf die Socken machen, sonst verpassen wir die Übung noch."

"Ja, das stimmt. In dieser Sache verstehen sie keinen Spaß. Schwänzer kriegen noch Tage danach Abmahnungen."

Sie machten sich wieder auf den Weg zu ihrer Kabine. Dort angekommen, war es wirklich höchste Zeit zum Sammelpunkt zu gehen. Sie zogen ihre Schwimmwesten an und Rütter steckte sich den GPS-Empfänger ein, um ihn irgendwo außerhalb des Schiffes zu deponieren. Er hatte ihn noch vor dem Frühstück zusammengebaut und hoffte nun, dass er auch so wie geplant funktionierte.

Die Übung war völlig überflüssig, aber wahrscheinlich eine Auflage, gegen die man sich nicht wehren konnte oder wollte, denn die Offiziere waren wahrscheinlich wirklich echte Seeleute und für die gehörte die Seenot-Übung eben zum Handwerk. Es wurde erklärt, wie sich die Rettungsweste aufblasen lässt und wie man ein Rettungsboot besteigt. Es wurde sogar, um die Übung besonders realistisch zu gestalten, ein Boot ausgeschwenkt und ein paar Meter abgelassen. Während alle richtig ergriffen waren von dieser Vorführung, deponierte Rütter den Empfänger an einer ihm geeignet erscheinenden Stelle zwischen zwei Rettungsbooten. Wenn das abgelassene Boot wieder an seiner Stelle war, war der Empfänger nicht mehr zu sehen und auch nur schwer zu erreichen und zufällig schon gar nicht.

Nach einer Stunde war endlich alles vorüber und sie konnten sich wieder an die Erkundung des Schiffes machen und versuchen, die Eltern von Sandra zu finden.

Die Betten in ihrer Kabine waren bereits gemacht, aufgeräumt war auch, allerdings hatte Rütter das Gefühl, seine Sachen im Kleiderschrank anders zurückgelassen zu haben. Das Jackett war mit den Knöpfen nach rechts gehängt, was er nie so machen würde, obwohl er nicht sagen könnte, wieso. Er durchsuchte kurz die Taschen und stellte schnell fest, dass eine Adressenliste für die obligatorischen Postkartengrüße fehlte.

Um die Suche nach Schallers abzukürzen, gingen sie zur Rezeption, denn alle Cafés, Restaurants, Bistros und Spielsäle und sonstige Räume zu durchsuchen, besonders weil sie Sandras Eltern eigentlich nur von Bildern kannten, war ziemlich zeitaufwändig. Dort kamen sie aber nicht weiter, denn nur wenn sie deren Nummer wüssten, könnte man ihnen helfen. So erfuhren sie auch von den Identitäts-Nummern, die man sich gut merken musste und die auch als Losungswort benutzt wurden. Das hatten sie zwar unterschrieben, aber nicht beachtet, weil es im Kleingedruckten stand. Jetzt wussten sie auch, warum Herr Wechsler ihnen seine Nummer genannt hatte. Allerdings hatten sie dessen Kennziffern mittlerweile vergessen.

Den ganzen Tag versuchten Rütters soviel über das Schiff herauszubringen, wie nur irgend möglich. Sie entdeckten den Fitness-Raum, der direkt im Heck lag, mit Blick auf die Schraubenspur, die sich meilenweit hinter ihnen herzog. Sie erkannten auch eine kleine Flagge in Weiß, Blau und Rot am Heck, die sie erst nach einiger Zeit als die Farben von Russland identifizierten.

Bis zum Abendessen waren sie damit beschäftigt jedes Deck zu erforschen, um sich dadurch einen Überblick über die Möglichkeiten sich die Zeit zu vertreiben zu verschaffen. Immerhin sollten sie, ob sie wollten oder nicht, einige Wochen hier verbringen. Es gelang ihnen nicht ganz, denn irgendwie hatten sie den Eindruck, dass man Deck 5 und 6 nicht betreten konnte. Es gab zwar dort einen Haltepunkt für den Lift, aber die Tür führte nur in ein Treppenhaus ohne Ausgang zu den Räumen oder Kabinen. Die Leute, die sie auf ihrem Rundgang trafen, sagten vielleicht Guten Tag, aber das war es dann auch schon. In den Cafés saßen einige Paare, aber die Unterhaltung schien in den meisten Fällen sehr schleppend zu sein. Die ausgelassene Stimmung, die sie von früheren Kreuzfahrten kannten und die in Film und Fernsehen inszeniert wurde, war nirgends zu spüren. Die Ursache war nicht so richtig auszumachen. Es konnte ja nicht nur an der wenig dekorativen Ausstattung des Schiffes liegen. An Farben und Licht wurde anscheinend überall gespart.

Auf dem Weg zum Speisesaal, gab sich Frau Rütter zwar ganz fröhlich, um Beobachter, die sie eventuell per Big-Brother-Überwachung verfolgten, zu täuschen, aber ihrer Stimme hörte man die tiefe Besorgnis an.

"Also ehrlich, Jürgen, was ich hier heute den ganzen Tag über gesehen habe, gibt mir doch sehr zu denken."

"Mir geht es genauso wie dir. Das ganze Schiff ist mir schon ein bisschen unheimlich."

"Unheimlich ist noch stark untertrieben. Ich finde es richtig horrormäßig. Die Menschen an Bord machen einen niedergeschlagenen Eindruck. Die ganze Stimmung ist total im Keller und das Schiff ähnelt eher einer römischen Galeere mit Rudersklaven, als einem Traumschiff."

"Albtraumschiff trifft es schon eher. Da gebe ich dir recht."

"Überall hat man den Eindruck, man wird beobachtet. Ich weiß zwar nicht was passiert, wenn man uns bei: was denn eigentlich? - erwischen könnte, aber irgendwie glaubt man dauernd, sich geduckt bewegen zu müssen und besser nichts zu reden. Ich fühle mich überhaupt nicht wohl hier und habe es mir auch ganz anders vorgestellt."

"Mir geht's genauso. Wir sollten uns so schnell, wie irgend möglich aus dem Staub machen. Aber, wie immer, ist es leichter gesagt als getan."

"Wo sind wir denn deiner Meinung nach jetzt gerade?"

"Nach San Francisco ging's erst nach Westen, aber mittlerweile schippern wir eher Richtung Süden, vielleicht auch süd-östlich. So genau kann ich es im Moment auch nicht sagen. Mittags wissen wir mehr."

"Immerhin fahren wir also nicht auf den Ozean hinaus, sondern doch anscheinend erst mal nach Mittelamerika?"

"Ja, so sieht es aus Ingrid. Da vorne ist der Eingang zum Speisesaal. Jetzt sollten wir dem Big Brother keinen Angriffspunkt liefern und nur noch harmloses Zeug reden."

"Okay! Wird gemacht, Sir!"

Beim Essen trafen sie Wechslers wieder. Er nickte ihnen verschwörerisch zu, sprach aber beim Essen nur das Nötigste. Um ein Menü serviert zu bekommen, das wenigstens zwei Sternen entsprach, mussten sie 12 Euro pro Person mehr anlegen. Bei den Getränken war es nicht anders. Nach dem Essen winkte Herr Wechsler sie aus dem Saal und dirigierte sie wieder nach oben ins Freie.

"Gestern habe ich ihnen doch von dem Überfall in San Francisco erzählt."

"Ja. - Gab's dabei noch mehr merkwürdige Dinge?" Herr Rütter stellte seine Frage unwillkürlich ebenfalls in dem verschwörerischen Ton von Herrn Wechsler.

"Klar. Die Gangster sprachen seltsamerweise russisch miteinander und außer "Give dollars!" und "Your money, please!", immerhin mit "please", gab es keine englischen Worte. Und das Dollste kommt noch. Der so genannte Pfefferspray war Wasser mit ein bisschen Zitronensaft vermischt. Ich habe nämlich eine Ladung abgekriegt, weil ich einen der Täter festhalten wollte. Was sagen sie jetzt?"

"Sehr seltsam, die scheinen angeheuert worden zu sein, um den Passagieren Angst vor Landausflügen zu machen, passt aber zu der Entdeckung, die wir heute gemacht haben. Wir fahren unter russischer Flagge!"

"Das wusste ich gar nicht. Ich dachte, das wäre Liberia. - Ah, jetzt wird mir auch klar, was ich neulich bemerkt habe. Als ich an der Rezeption war, um mich nach dem Landgang in San Diego zu erkundigen, kam ein Fax aus der Maschine, das die Rezeptions-Dame nur kurz überflog und in den Papierkorb warf. Aber ich war mir ziemlich sicher, dass es Textpassagen in kyrillischer Schrift enthielt."

"Okay, aber was bedeutet das alles?", fragte Rütter in die Runde. Von seiner besonderen Mission wollte er in dieser frühen Phase noch nichts verraten. Immerhin bestand ja die Möglichkeit, dass auch Wechsler Teil einer echten Verschwörung war und sie in eine Falle locken sollte.

"Ich habe keine Ahnung. Wir sollten unsere Beobachtungen regelmäßig austauschen, aber darauf achten, dass man uns nicht auf die Schliche kommt. Ich glaube nicht an Gespenster, aber hier geht irgendwas ab, was mir nicht geheuer ist und ich wäre froh, wenn wir hier heil wieder herauskämen."

"Na, so schlimm wird es nicht sein. Die Rentenversicherung hat doch ihre Hände mit im Spiel und vielleicht betritt man mit dieser Art der Altersfreizeitgestaltung ja auch ziemliches Neuland und deshalb knirscht es noch im Gebälk."

"Ich hoffe, Sie haben recht Herr Rütter. Wie ist denn ihre Nummer hier?"

"Wir haben die 38211. Da fällt mir ein, kennen sie Schallers? Ein Ehepaar aus Brühl in der Nähe von Köln. Margarete und Franz Schaller."

"Ja die kenne ich, aber da haben sie Pech, die sind seit Vancouver nicht mehr an Bord. Oder war es Seattle?", er wandte sich an seine Frau.

"Nein, es war in Vancouver. Allerdings ging alles sehr schnell. Beim Frühstück saßen wir noch zusammen und beim Abendessen waren sie zu unserem Erstaunen bereits abgereist."

Herr Rütter machte ein betroffenes Gesicht und Herr Wechsler fragte ihn:

"Kannten sie Schallers?"

"Nicht direkt, aber auf Umwegen erfuhren wir durch sie von dieser Kreuzfahrt und wollten uns hier mit ihnen treffen und gegebenenfalls bedanken. Im Moment sieht es ja nicht so aus, als könnten wir die Reise wirklich so genießen, wie gedacht."

"Ja, wir müssen die Augen offen halten und das Beste draus machen. Also. - Machen sie es gut, wir sehen uns!"

Wechslers gingen auch gleich wieder ins Innere und ließen Rütters etwas bedröppelt zurück. Anders konnte man ihren

Zustand auch nicht beschreiben. Nach Buchheims, Ingas Eltern, zu fragen, hatten sie ganz vergessen.

Sie tranken noch einen Kaffee in dem Bistro neben der Rezeption und machten sich dann auf den Weg in ihre Kabine. Sie gingen dann auch bald zu Bett, aber bevor sie das Licht löschten, lag er auf dem Bett und inspizierte von dort aus die Decke und alle sonstigen Möglichkeiten eine Mini-Kamera unterzubringen. Die Kabine war spartanisch eingerichtet. Ein Wandschrank, ein kleiner Schreibtisch, ein Regal über dem Doppelbett, der Fernesehapparat auf einer Konsole an der gegenüberliegenden Wand. Fernsehen war auch nicht das richtige Wort, denn es gab ein bordeigenes TV-Programm, das doch arg beschnitten war. Kurze Ausschnitte von Nachrichtensendungen und Filme, meistens alte, wie sie dem Programm entnehmen konnten. Über dem Bullauge, gab es eine zweiarmige Leuchte aus Messing und eine der Befestigungsschrauben war falsch und wenn man genau hinsah, erkannte man auch die kleine Linse. Eine Kamera gab es also tatsächlich und ein Mikrophon war sicher auch irgendwo eingebaut. Offensichtlich hatte man an alles gedacht, wenn es auch relativ unwahrscheinlich war, dass jemand von den Passagieren den Wer-es-auch-immer-sein-mag-Leuten gefährlich werden konnte, denn immerhin waren sie auf diesem Schiff regelrecht eingeschlossen. Es hieß natürlich auch, dass sie sich in der Kabine nicht offen über ihren Sonderauftrag unterhalten konnten. Eines wurde Rütter jetzt ganz klar: Sie mussten bis San Diego soviel an Informationen sammeln wie möglich und versuchen, sich bei der Stadtrundfahrt abzusetzen. Herr Rütter schlug deshalb ein Kreuzworträtselheft auf und beschäftigte sich damit, schrieb aber dabei Mitteilungen an seine Frau an den Rand, die sie dann still las, wenn er sie um Hilfe bei einer Lösung bat. Eine bessere Möglichkeit ihre mutmaßlichen Überwacher zu täuschen, fiel ihm nicht ein. Er hoffte jetzt nur, dass man seinen Basteleien mit dem GPS-Empfänger nicht bemerkt hatte oder nicht richtig zu deuten wusste. Immerhin waren es auch nur Menschen, die sie dort irgendwo beobachteten.

Mittlerweile bereute er es fast, sich auf diese Sache eingelassen zu haben. Sie konnten auch nicht überprüfen, ob Schallers wirklich von Bord gegangen waren und wenn ja, ob sie es freiwillig taten und auch nicht, ob sie wirklich wieder wohlbehalten zu Hause waren.

Aber was war der Grund für diese Geheimniskrämerei? Eigentlich fiel im nur ein Grund ein: Geld. Aber nur die Möglichkeit, für die Rentenversicherungsanstalt Kosten einzusparen, konnte es bei diesem riesenhaften Aufwand ja nicht sein. Da musste mehr dahinter stecken. Sie waren erst einen Tag an Bord, hatten aber jetzt schon die Gewissheit, eine ganz normale Fun-Kreuzfahrt mit älteren Teilnehmern war das Ganze hier auf keinen Fall. Bevor er zu einem endgültigen und nachvollziehbaren Ergebnis seiner gedanklichen Ermittlung kommen konnte, war er eingeschlafen.

* * *

Santa Catalina, Ca, USA
33° 17' 01.39" N 118° 09' 22.68" W
(Google-Position)

Am nächsten Morgen sah Herr Rütter aus dem Bullauge und statt dem unendlichen Ozean sah er in vielleicht einem Kilometer Land. Allem Anschein nache eine Insel oder Halbinsel. Da am Horizont Hochhäuser zu erkennen waren, nahm er an, sie lagen vor Santa Catalina vor Anker. Ein Beiboot tauchte jetzt auf der linken Seite seines Sichtfeldes auf und nahm Kurs auf die Hafenanlagen. Er konnte einige Personen erkennen, aber nicht, ob es sich um Besatzungsmitglieder oder Passagiere handelte. Er erinnerte sich nicht, irgendwo eine Ankündigung für einen Stop oder sogar Landgang gesehen zu haben. Er wollte beim Frühstück, oder besser nach dem Frühstück, mit Herrn Wechsler über seine Beobachtung sprechen. Dazu kam es aber nicht, denn als sie am Tisch saßen, war nur das Ehepaar aus Essen da. Wechslers seien, so der Table-Guy, schon mit dem Boot unterwegs zu einem Krankenhaus auf der Insel, die sie ja sicher schon bemerkt und gesehen hätten. Herr Wechsler habe gestern spät abends über sehr starke Schmerzen in der Brust geklagt und der Schiffsarzt hätte darauf gedrängt, sofort den Kurs zu ändern, um ihn in professionellere Hände zu geben, denn er befürchtete, ein Herzinfarkt hätte sich auf diese Weise angekündigt. Sie verfügten zwar über eine leistungsfähige Krankenstation an Bord, wollten aber nur im äußersten Notfall Operationen durchführen. Herr Rütter hörte dem Table-Guy aufmerksam zu, besonders auch, weil er den Eindruck hatte, er würde nur zu ihm sprechen, zusätzlich kam ihm aber auch wieder einmal der Verdacht, dass irgendetwas an der Sache faul war. Er fand es merkwürdig, über die Gründe des Verschwindens von Wechslers so viel vom Table-Guy zu erfahren, der ja nur für die Bewirtung an ihrem Tisch im Speisesaal zuständig war. Das Paar aus Essen, von dem sie bis jetzt immer noch nicht den Namen kannten, guckte teilnahmslos auf ihren Teller. Mittlerweile verdächtigte er sie sogar, für das plötzliche Verschwinden von Wechslers auf irgendeine Weise gesorgt zu haben.

Rütters nahmen es zur Kenntnis und dachten sich ihren Teil. Sie beendeten schnell ihr Frühstück ohne Extras und gingen dann sofort nach draußen zu den Rettungsbooten. Rütter wollte einerseits unauffällig feststellen, ob der Empfänger noch an seinem Platz war und außerdem dabei so ungestört wie möglich mit seiner Frau über die Ereignisse sprechen. Sie waren doch ziemlich mitgenommen von der

Sache. Sie wussten ja auch nicht, was es genau bedeutete. War Herr Wechsler tatsächlich ernstlich krank, wurden die Beiden irgendwo gefangen gehalten oder hatte man kurzen Prozess mit ihnen gemacht. Mittlerweile rechneten sie auf diesem Schiff mit allem. Sie kamen überein, auf jeden Fall beim nächsten Landgang die Flucht zu ergreifen. Sie konnten nur hoffen, dass ihre Auftraggeber in Deutschland ihre Position kannten und mittlerweile mehr über die Machenschaften des Veranstalters herausbringen konnten. Hier passierte gerade etwas ganz und gar Unnormales.

Bei ihren Rundgängen konnten sie praktisch keine Kontakte knüpfen. Über "Guten Tag", "Ist hier noch ein Platz frei", "Würden Sie mir mal die Karte reichen" und Ähnliches ging es nicht hinaus. Alle schienen nur mit ihren Partnern zu reden und sich immer so weit wie möglich von anderen Passagieren entfernt aufzuhalten. Eine beklemmende Stimmung, die so gar nichts mit der ausufernden Fröhlichkeit auf Kreuzfahrten gemein hatte.

Am Nachmittag war die Vorstellung der Mannschaft für alle Neuankömmlinge der letzten Woche abgehalten worden. Das Ganze lief sehr kurz und unspektakulär in einem der großen Säle ab. Dabei stellten sie fest, dass der Kapitän ein Russe war, die Offiziere kamen aus Osteuropa, der Ingenieur war ein Grieche, der Koch ein Mexikaner und die restliche Mannschaft bestand hauptsächlich aus Philippinos und Mittelamerikanern. Über die Nationalität und den Heimathafen des Schiffes erfuhren sie nichts. Fragen wurden nicht gestellt. Direkt nach der Veranstaltung verlief sich sofort wieder alles.

Rütters wussten überhaupt nicht mehr, was sie von all dem halten sollten. Einerseits wurde auf dem Schiff alles so gemacht, wie man es von früheren Reisen, aus Filmen und Büchern kannte, andererseits war der Aufenthalt hier für alle Passagiere alles Mögliche, nur kein Vergnügen.

Mittlerweile waren sie der Meinung, den wahrscheinlich größten Fehler ihres Lebens gemacht zu haben, als sie sich auf diese Reise einließen. Sie wollten so schnell wie möglich hier verschwinden, wenn sie dadurch auch nicht in den Genuss des letzten Dinners der Kreuzfahrt kamen, wo die Küchencrew ihren obligatorischen Aufmarsch mit Eisbombe und Wunderkerzen absolvierte.

Gleich am nächsten Morgen wollten sie sich für einen Landausflug am nächsten Ziel anmelden und es war ihnen egal, ob es Los Angeles, San Diego oder irgendwo in Mexiko sein sollte.

* * *

Köln   50° 55' 42.17" N 6° 54' 59.44" O

(Google-Position)

In Köln war man sehr gespannt auf das was Rütters auf dieser Reise in Erfahrung bringen konnten und ob es ihnen gelang, Licht in die mysteriöse Angelegenheit zu bringen. Von London aus hatten sie sich noch einmal gemeldet, dann gab es keine Nachricht mehr von ihnen. Im Internet konnten sie sich vom planmäßigen Eintreffen der Maschine aus London überzeugen, von Rütters selbst aber hatten sie nichts mehr gehört. Am nächsten Tag empfingen sie dann Signale von dem GPS-Gerät und konnten dadurch sehr genau mitverfolgen, wie das Schiff offensichtlich San Francisco verließ. Nach einer gewissen Zeit verschwanden die Positionsmeldungen allerdings wieder, wahrscheinlich, weil die Route durch für Mobilfunk unerschlossenes Gebiet führte. Nach mehreren Stunden erschien es wieder und zwar aus der Nähe von Los Angeles. Es verharrte ein paar Stunden auf einer Position, ungefähr eine Meile vor Santa Catalina. Eine Webcam gab es dort in Avalon zwar, aber vom Schiff war nichts zu sehen.

Dieser Teil der Aktion war also gelungen. Sie wussten, wo sich Rütters jetzt befanden, aber sie wussten weder, wie es ihnen wirklich ging und ob sie Schallers dort getroffen hatten, noch, ob sie überhaupt auf dem richtigen Schiff waren. Sandra konnte sich nicht damit abfinden, nur diese eine, in ihren Augen, etwas fragwürdige Aktion gestartet zu haben, um ihre Eltern aufzuspüren. Sie war deshalb trotz anderer Abmachungen zur Polizei gegangen und hatte dort ihre Beobachtungen, Erkenntnisse und Befürchtungen einem Kommissar vorgetragen, der für Fälle von vermissten Personen zuständig war. Er hatte ihr genau zugehört, sich Notizen gemacht, Fragen gestellt und sie offensichtlich von Anfang an ernst genommen. Nach anderthalb Stunden hatte sie alles, was sie wusste, erzählt. Er versprach ihr, sich zu erkundigen, ob es ähnliche Fälle gab und ob mit dem tödlichen Unfall des Ehepaars Gester alles mit rechten Dingen zugegangen war. Er wollte sie auf jeden Fall am nächsten Tag anrufen und ihr mitteilen, was er ermittelt hatte. Sandra war froh, alles los geworden zu sein und die Sache nun doch aus der Privatdetektiv-Phase heraus gebracht hatte und jetzt mit Leuten zusammenarbeitete, die das professionell betrieben.

Sebastian und Frank wussten noch nichts von Sandras Alleingang. Sie würden sicher nicht sehr begeistert sein, weil sie sich nun doch unabgesprochen an die Behörden gewendet hatte. Aber Sandra war der Meinung, nicht fragen zu müssen, da es sich ja um ihre Eltern handelte und sie außerdem ein erwachsener Mensch wäre und in einem freien Land wohnt, wo die Sklaverei schon lange abgeschafft wäre, wenn es sie denn überhaupt je gegeben hatte.

Die Nerven lagen blank. Bei allen. Aber nun war es nicht mehr zu ändern. Sie glaubte auch alles richtig gemacht zu haben. Vielleicht war es ja wirklich auch besser so, besonders, weil sie jetzt auch Rütters mit in die Sache hineingezogen hatten, ohne zu wissen, wohin das alles führt.

Sie wusste jetzt ihre Eltern und Rütters auf einer Reise, von der aber niemand auch nur ahnen konnte, wo und wie sie enden würde.

Am nächsten Tag rief tatsächlich Kommissar Kummer an und bat sie, zu ihm ins Präsidium zu kommen, es hätten sich interessante, aber auch merkwürdige Dinge ergeben, die er mit ihnen besprechen wollte, aber nicht am Telefon.

Sandra fuhr sofort mit Inga los, beide hatten Urlaub genommen. Bei Sandra gab es zwar Schwierigkeiten, aber nachdem sie selbst eine Aushilfslehrerin gefunden hatte, die sie vertreten konnte, klappte es. Kommissar Kummer erwartete sie schon und bat sie, ihm in ein kleines Konferenzzimmer zu folgen, damit sie dort ungestört reden konnten. Er hatte Erkundigungen eingezogen und eine Anfrage bei Interpol gestartet, weil es sich ja vermutlich um ausländische Reedereien handelte. Zu seiner Überraschung erfuhr er, dass die Reedereien dort bekannt waren, aber besonders deshalb, weil sie immer nur kurze Zeit existierten und dann den Namen wechselten oder den Besitzer. Im Moment war die amerikanische Investment-Firma Greenriver der Eigentümer. Wobei ganz besonders interessant war, dass die wiederum hauptsächlich in russischem Besitz ist. Tatsächlich war anfangs die Rentenversicherung der Veranstalter dieser Kreuzfahrten, aber im Zuge der Bankenkrise waren Gelder in Gefahr, die sie in verschiedenen amerikanischen Fonds angelegt hatten, und deshalb wurde das ganze Geschäft mit den Reisen verkauft, um Verluste zu vermeiden, beziehungsweise zu verringern.

Seine Anfrage hätte das Augenmerk wieder auf die, eigentlich schon nicht mehr verfolgte, Sache geworfen und die Transaktionen erschienen nun in einem ganz anderen Licht.

Sie hätten, allerdings ohne eine Befugnis der Konteninhaber zu haben, den Zahlungsverkehr bei Schaller und Buchheim kontrolliert und festgestellt, dass in den letzten Wochen praktisch alle Vermögenswerte liquidiert wurden und auf Konten in der Karibik geflossen sind. Das erschien ihnen sehr seltsam und einer genauen Untersuchung wert. Bisher hätten sie aber nur Kenntnis über die Fälle der Eltern von Sandra und Inga. Die Kontendaten von Gesters sind noch nicht bekannt, aber in Arbeit.

"Was sagen sie dazu, Frau Volkert?"

"Ich bin sprachlos. Ich kann es gar nicht glauben. Meine Eltern haben noch nie von so etwas gesprochen. Alles flüssig zu machen und dann in die Karibik zu transferieren, sieht ihnen überhaupt nicht ähnlich. Sie sind eher konservativ eingestellt, was Geldsachen betrifft."

"Ja, wir finden das auch sehr merkwürdig. Ich habe zwar mit diesen Dingen normalerweise nichts zu tun, bin aber seit heute morgen der so genannten "Rentner-Soko" zugeordnet, als Verbindungsmann zu Ihnen."

"Mir fehlen ebenfalls die Worte.", meldete sich auch Inga zu Wort.

"Die Sache ist heikel, weil sie einerseits im Ausland abläuft und ausländische Unternehmen mit von der Partie sind, andererseits haben wir bisher noch keine Hinweise zu ungesetzlichen Tatbeständen, denn es ist ja Rentnern nicht verboten, ihr Geld auf Konten in der Karibik zu bunkern. Seltsam ist es jedoch, wenn es so plötzlich geschieht und ohne dass die Angehörigen irgendetwas davon wissen."

"Das sehen wir auch so. Inga, du bist doch auch der Meinung, dass da einiges ganz fürchterlich schief läuft?"

"Unbedingt! Wir sollten auf jeden Fall etwas unternehmen, auch wenn unsere Männer das anders sehen."

"Okay, dann ist das ja schon mal geklärt. Als erste Maßnahme haben wir die Konten von Familie Rütter gesperrt. Natürlich wissen wir nicht, welche Auswirkungen das haben kann und ob wir sie dadurch in Gefahr bringen. Dieses Risiko müssen wir leider eingehen. Allerdings wurde es so blockiert, dass es so aussieht, als wäre es ein rein technischer Fehler. Ich bitte sie jedenfalls unbedingt über die ganze Aktion, die wir hier veranstalten, Stillschweigen zu bewahren. Wir bewegen uns auf sehr dünnem Eis."

"Wenn wir irgendetwas tun können, was der Sache und unseren Eltern hilft, werden wir es tun. Oder wie siehst du das, Inga?"

"Auf jeden Fall. Ich bin noch ganz geschockt von dem, was ich jetzt von ihnen, Herr Kummer, gehört habe. Ich kann es fast gar nicht glauben."

"Mir geht es genauso", sagte Sandra und griff wieder nach der Kaffeetasse, die mittlerweile gebracht worden war, obwohl ihr fast ein Gläschen Schnaps lieber gewesen wäre.

"Wir werden sie auf dem Laufenden halten, sie aber nur auf dem Handy anrufen und wenn sie bei mir anrufen wollen, benutzen sie bitte nicht ihr Telefon zu Hause. Man kann nie wissen. Wir wollen alles unter Kontrolle haben."

"Ich komme mir ja schon wie mitten in einem Thriller vor. Ich würde lachen, wenn es nicht so ernst wäre." Inga hörte sich schon leicht angegriffen von den Ereignissen der letzten Tage an.

Kommissar Kummer verabschiedete sich von ihnen und verschwand dann sofort eilig in einem Lift.

Wieder zu Hause wurden sie direkt von Sebastian und Frank ziemlich unsanft angefahren, was ihnen denn einfiele, ohne sich mit ihnen, ihren Ehemännern, zu beraten, einfach zur Polizei zu rennen. Während sie nach Hause fuhren, nicht ohne einen Abstecher zu Starbucks am Friesenplatz einzulegen, hatte Kommissar Kummer auf Sandras Handy, das sie zu Hause vergessen hatte, angerufen und trotz heftiger Gegenwehr, weil Sandra noch nicht greifbar war und er mit Sebastian erst nicht reden wollte, dann doch mitgeteilt, dass die U.S. Coast Guard ein Schiff in der angegebenen Position gesichtet hat. Sein Name wäre "A. Puschkin" aus St. Petersburg und es sei auf dem Weg nach Süden, vermutlich nach San Diego. Das Kreuzfahrtschiff gehört einer Reederei aus Moskau, die es aber verchartert hat. Näheres konnte er nicht sagen, denn die amerikanischen Kollegen hatten ja keine Handhabe, einzuschreiten. Alle vier waren jetzt wieder einmal verunsichert. Schon wieder eine andere Reederei und auch ein anderer Name des Schiffes. Mittlerweile glaubten sie einer gewaltigen Fata Morgana aufgesessen zu sein. Einerseits waren sie fest davon überzeugt, auf der richtigen Spur zu sein und wenn etwas faul an der ganzen Sache war, dann war auch der häufige Wechsel der Reederei nachvollziehbar, andererseits konnten sie sich nicht vorstellen, was eine russische Reederei mit deutschen Rentnern auf einem Kreuzfahrtschiff vorhatte und waren deshalb schon in Sorge, ihre Mission könnte in einer Sackgasse landen oder, wegen fehlender Beweise für Kriminelles, als Hirngespinste abgetan werden.

Es gab eigentlich nur eine Möglichkeit den gordischen Knoten zu lösen: Sie mussten sich selbst an den Ort des Geschehens begeben. Aber wer sollte fahren? Sie entschlossen sich, den Würfel sprechen zu lassen, auf andere Weise konnten sie keine Einigung erzielen. Beide Frauen hatten im Moment Zeit. Frank konnte Sebastian an der Uni vertreten und Sebastian Frank. Sie würfelten und nach sieben Durchgängen war klar, dass sich Sandra und Sebastian auf den Weg machen sollten. Die Aktion musste aber sofort in die Tat umgesetzt werden, wenn sie noch rechtzeitig in San Diego ankommen wollten.

Per Internet buchten sie. Sie mussten zwar eine schöne Stange Geld dafür bezahlen, konnten aber auch direkt am nächsten Tag von Düsseldorf aus starten. Mit Continental nach Newark und dann über Phoenix nach San Diego. Wenn alles gut ginge, wären sie dann in zwei Tagen dort.

Am Abend rief Kummer noch einmal an, um ihnen mitzuteilen, dass seine Techniker das Positionssignal nach einem Kurswechsel des Schiffes verloren hatten. Es fuhr jetzt Richtung Westen. Anscheinend ist es aber taktisch bedingt. Sie fahren hinaus auf den Ozean, um außerhalb des Mobilfunknetzes den Kurs wieder zu ändern. Sie verstanden zwar nicht ganz, warum sie das machen sollten, außer, die Schiffsführung vermutete, noch bisher nicht aufgefundene Handys an Bord zu haben, mit denen Passagiere mit der Außenwelt Verbindung aufnehmen könnten. Immerhin verschaffte ihnen dieses Manöver vielleicht ein später entscheidendes Zeitpolster.

* * *

Um drei Uhr in der Nacht klopfte es bei Rütters heftig an die Kabinentür. Verschlafen wankte Herr Rütter zur Tür. Auf dem Weg dorthin zog er sich den Bademantel an und wunderte sich, keine Sirene oder das Klingelzeichen bei Feueralarm an Bord auf dem Gang gehört zu haben. Er öffnete die Tür und wurde sofort in die Kabine gedrängt. Zwei kräftige Männer in schwarzer Uniform, mit mehreren Hinweisen auf Security - Zugehörigkeit auf dem Rücken, an der Hemdtasche und dem Ärmel, traten ein und gaben ihnen Anweisung ihre persönlichen Dinge wie Toilettenartikel, Rasierapparat, Pass und Schlafanzug oder Nachthemd zusammenzupacken, sich anzuziehen und ihnen zu folgen. Es hätten sich schwerwiegende Mängel in der Konstruktion ihrer Kabine ergeben und sie müssten augenblicklich in Sicherheit gebracht werden. Rütters waren verwirrt, wie man mitten in der Nacht solche Mängel erkennen konnte, folgten aber den Befehlen widerstandslos, weil sie auch wenig Chancen gegen diese Bodybuilder-Typen gehabt hätten. Sie warfen die Sachen in eine große Tasche und trotteten einem der Männer hinterher zum nächsten Lift. Der andere ging hinter ihnen. Sie betraten den Lift und fuhren nach oben. Sie hielten an Deck 5 und stiegen aus. Sie waren jetzt in dem kleinen Raum, in dem

Treppen nach oben und nach unten führten und an der Stelle, wo in anderen Ebenen ein Gang mündete, nur eine Wand zu sehen war. Der eine Bewacher hob die Hand und wedelte mit seinem Ausweis an der Decke herum und plötzlich öffnete sich die ganze Wand wie eine Schiebetür und gab einen Gang frei, von dem alle drei Meter ein Tür nach rechts und links abging. Die Wände waren grau gestrichen, die Türen ebenfalls, der Boden war auch grau, aber etwas dunkler. Sie liefen an den Türen entlang, die alle lediglich mit fünfstelligen Nummern beschriftet waren. Bei 38211 blieben ihre Bewacher stehen. Es war ihre Nummer. Die Tür wurde geöffnet und sie betraten die Kabine, die Tür wurde sofort wider geschlossen und sie waren allein in einem Raum, der eher an eine Gefängniszelle erinnerte, als an eine Kabine in einem Kreuzfahrtschiff. Wenigstens gab es ein Bullauge, das man sogar etwas kippen konnte. Sie sahen sich ratlos an. Die Betten waren aber ordentlich bezogen und weil sie annahmen, dass hier auf jeden Fall Mikrophone und Kameras installiert waren, legten sie sich ohne viel zu sagen hin, um noch etwas zu schlafen. In dieser Umgebung zu reden, konnten sie sich sparen. Rütters sahen die ganze Reise immer noch als eine Art Abenteuerurlaub und waren deshalb, trotz aller zweifelhafter Erlebnisse, immer noch zuversichtlich, aus dieser Sache wieder heil herauszukommen.

Frau Rütter konnte die Kreuzfahrt bisher überhaupt nicht genießen, blieb aber immer noch gelassen, da sie nicht glaubte, dass ihnen wirklich etwas passieren konnte. Immerhin fuhren sie in zivilisierten Gewässern, waren nicht alleine und hatten einen Auftrag, auf den sie sich ganz ohne Druck eingelassen hatten. Das Schiff entsprach in seiner Ausstattung zwar eher dem Standard eines Ferienheims für die Landbevölkerung der ehemaligen DDR, war aber anscheinend technisch auf neuem Stand. Sie hatten damals, um keinen Verdacht zu erregen, das Kleingedruckte nicht sehr genau gelesen und nahmen daher an, die Möglichkeit als Komparse bei Film- und Fernsehproduktionen mitzuwirken, gehörte vielleicht auch zu den Dingen, zu denen sie sich mit ihrer Unterschrift bereiterklärt hatten. Bei einer Kreuzfahrt, die nur durch die Rente finanziert wurde, musste man sich eben an gewisse Abstriche und Merkwürdigkeiten gewöhnen.

Auch in dieser neuen, unübersichtlichen Situation gab es deshalb nichts, was sie am Schlafen hinderte. "Morgen ist auch noch ein Tag" war in diesem Fall das klassische Motto für sie.

* * *

San Diego, Ca, USA

32° 36' 41.96" N 117° 15' 02.74" W

(Google-Position)

Ganz anders als in den Tagen zuvor, wurden sie um sieben Uhr durch einen hässlich schnarrenden Ton aus dem Schlaf gerissen. Statt ihrer Kleidung fanden sie einfache Unterwäsche und graue Anzüge in dem Wandschrank, alles wenigstens in der richtigen Größe. Angezogen wirkten sie wie Statisten für die TV-Serie "Frauen hinter Gittern". Herr Rütter rasierte sich und war richtig stolz auf sich, denn er hatte gestern prophylaktisch den GPS-Empfänger von seinem Einsatzort bei den Rettungsbooten geholt, um die Batterien auszutauschen. Bis zu einem neuen Einsatz hatte er das Gerät wieder zur Tarnung in den Rasierapparat eingebaut. Nur das Umstecken einer Drahtverbindung erlaubte ihm, die GPS-Funktion mit dem Schalter am Rasierer aus- und einzuschalten. Die Stromquelle war dann der Akku des Rasierers. Er hatte ihn gerade wieder in unverfänglicher Position auf die Abstellfläche unter dem Spiegel in der Nasszelle gelegt, die in diesem Fall auch den Namen wirklich verdiente, als sich die Tür öffnete und sie von ihrem Bewacher von gestern unfreundlich zum Frühstück befohlen wurden. Der Frühstückssaal ähnelte stark einer Gefängniskantine oder einer Jugendherberge von vor fünfzig Jahren. Tische ohne Tischdecke, einfachste Stühle, eine Essensausgabe, vor der eine lange Schlange einheitlich grau gekleideter Passagiere stand, die sich jeder zwei Brötchen, eine Scheibe nach Salami aussehender Wurst, ein blasses Stück Scheibenkäse und ein kleines Töpfchen Marmelade, angeblich mit Erdbeergeschmack, auf einen Teller legen ließen. In der anderen Hand die Tasse, in die, immerhin nach Wunsch, dünner Tee oder ebenso dünner Kaffee geschüttet wurde. Auf weiteren Service war ganz verzichtet worden, denn das gebrauchte Geschirr musste man auch wieder vollzählig an der Theke abgeben. Besonders bei den Messern wurde genau aufgepasst.

Rütters waren jetzt wirklich erstaunt und versuchten irgendwo eine Filmkamera zu entdecken. Ohne Erfolg. Als sie dann endlich Platz genommen hatten, erkannten sie zwei Tische weiter Wechslers. Beide schienen stark abgenommen zu haben, obwohl sie erst seit einem Tag hier sein konnten. Herr Wechsler trug den linken Arm in einer Schlinge. Frau Wechsler war gar nicht oder sehr schlecht frisiert. Sie sahen nicht von ihrem Teller auf. Auch die anderen frühstückenden Paare sprachen nicht miteinander und hielten die Köpfe gesenkt. An der Wand standen drei Security-Leute und schauten ausdruckslos wachsam in den Saal. Nachdem Rütters gegessen und ihr gebrauchtes Geschirr wieder abgegeben hatten, kam einer der Wachleute auf sie zu, führte sie zur nächsten Tür und sie standen wieder auf dem tristen Gang. Anscheinend ging es jetzt nicht zurück zu ihrer Zelle, denn sie wurden in die andere Richtung gedrängt. Sie bogen um einige Ecken, liefen an etlichen Türen vorbei und wurden dann in einen Raum geführt, der einem Wartesaal in einem Dorfbahnhof um 1950 ähnelte. Graue Wände, graue Türen, Metallstühle, kein Fenster. Herr Rütter hatte versucht sich wenigstens den Weg hierhin einzuprägen, was aber angesichts der Gleichförmigkeit der Gänge ziemlich schwierig war und ihm deshalb auch nicht gelang. Nach einigen Minuten Wartezeit öffnete sich eine der grauen Türen und ein junger Mann in einer Art Bankeroutfit winkte ihn mit dem Zeigefinger zu sich, als wäre er ein ungezogener Junge auf dem Schulhof einer Grundschule. Er folgte ihm, trat in den Raum, nickte seiner Frau aber vorher noch aufmunternd lächelnd zu.

Als er sich im Raum umsah, verging ihm das Lächeln sofort. Es war eine Verhörzelle, wie man sie aus fast jedem Tatort kennt, aber in echt gab es offensichtlich noch weitaus schlimmere. Blendend weiß gestrichen die Wände, ein Tisch, ein Telefon, eine helle Lampe, fast schon ein Scheinwerfer, der auf ihn, den "Delinquenten", gerichtet war, ein Hocker, auf den Rütter sich zu setzen hatte und ein Sessel in dem sich der, jetzt nicht mehr ganz so jung wirkende, Banker fläzte. Genau konnte er ihn nicht erkennen, der Drei-Tage-Bart, eine randlose Brille und die spärlichen Haare waren die einzigen Merkmale, die er wahrnehmen konnte. Er hatte beide Hände hinter dem Kopf verschränkt und sagte minutenlang nichts, während er ihn nur ansah. In dieser Situation wurde es Jürgen Rütter zum ersten Mal seit Antritt der Reise so richtig bewusst, das Ganze war keine gute Tat eines alten Pfadfinders, das war ernst, sehr ernst sogar. Er war sich mittlerweile auch nicht mehr im Klaren darüber, ob er wieder heil aus dieser Sache herauskam. Er konnte sich einfach nicht denken, was sie von ihm wollten. Dass er heimlich Pläne machte, sich in San Diego abzusetzen, konnte keiner wissen, denn gesprochen hatte er darüber nur mit seiner Frau und seines Wissens auch nur, wenn ein Abhören oder Belauschen ausgeschlossen war. Das GPS-Gerät konnte ebenfalls nicht der Grund sein, denn das hätten sie ihm ja sicher längst abgenommen. Er war ziemlich ratlos, vermutete aber keine harmlose Befragung, dazu hatte ihn der Anblick der anderen Paare in der Gefängniskantine doch zu sehr geschockt. Trotzdem blieb er ruhig und gefasst, was seinem Gegenüber wiederum auch nicht normal vorkam. Dann hatte Rütter genug von dem Mafia-Spielchen und fragte:

"Was soll das hier eigentlich? Was wollen Sie von mir?"

"Sie haben hier überhaupt nichts zu fragen! Dass das mal klar ist. Ich frage, Sie antworten. Okay?"

Er sprach deutsch mit einem leicht amerikanischen Akzent. Die Sätze klangen aber irgendwie so, als gäbe es ein Drehbuch. Anscheinend war er noch neu in diesem Geschäft, was auch immer es war. Als Groß-Inquisitor hatte er auf jeden Fall noch einen langen Weg vor sich.

"Wie sie wollen."

Nach einiger Zeit, in der er wieder seine ursprüngliche Haltung eingenommen hatte, klingelte das Telefon. Er hob ab und sagte: "Hello!?", dann lauschte er der Stimme, die auch Rütter, allerdings nur undeutlich, hören konnte. Sofort straffte er sich und setzte sich aufrecht. Der Boss also, dachte sich Rütter. Er sagte noch "Cologne" und "Francfort, the so called Mainhattan?" und noch "about hundred and twenty miles", mehrmals "okay" und einmal "shit". Bevor er dann auflegte, sagte er noch "I'll ask him right now".

Dann war es vorbei mit der gelangweilten Haltung. Er beugte sich vor und fragte Rütter ohne weitere Einleitungsfloskeln:

"Warum ist ihr Konto gesperrt?"

"Ich weiß nicht von was sie reden. Ich habe mein Konto nicht gesperrt. Wieso ist das so wichtig, die Reise wird doch von der Rentenversicherung bezahlt."

"Ihr Konto ist gesperrt und ich will wissen wieso. Das gehört zu unserer Abmachung und sie haben uns eine Lastschriftabbuchung genehmigt. Was soll das also?"

"Wie gesagt, ich weiß es nicht. Vielleicht ein Fehler in der EDV der Bank."

"Erzählen sie mir keine Märchen. Für die Extras, die sie hier genießen, zahlen sie auch extra und das wird von ihrem Konto abgebucht."

"Genießen ist gut."

"Werden Sie nicht frech. Wir können auch anders!"

"Ach, echt? Foltern und so?"

"Was haben sie mit ihrem Kontoführer vereinbart? Weiß er, dass sie länger auf Reisen sind?"

"Klar. Ich habe mit ihm alles durchgesprochen und entsprechende Vereinbarungen getroffen. Ich kann mir nur einen Fehler bei der Bank oder dem Lastschriftverfahren vorstellen. Können sie ihm nicht faxen oder besser, er soll mich hier anrufen. Das geht doch, oder?"

"NOCH – EIN - MAL! Ich frage!" Er hatte sich jetzt aufgerichtet und schrie schon fast. Er musste tatsächlich noch einiges lernen.

"Okay. Sagen sie mir was ich in dieser Sache unternehmen soll und ich mache es."

"Morgen rufen sie dort an und klären das mit ihrem Kontoführer. Heute ist es schon zu spät. Ich werde sie morgen um sechs Uhr abholen."

"Früher geht's wohl nicht?"

"Je besser sie mit uns kooperieren, desto schneller sind sie wieder in ihrer Kabine. Merken sie sich das!"

"Wie meinen sie das: "kooperieren"? Wir sind doch ihre Kunden oder habe ich irgendetwas falsch verstanden?"

"Kennen sie jemand der Volkert heißt?"

"Nein. In Köln?" Rütter dachte sich, diese Frage hätte etwas mit dem Telefongespräch zu tun, das der Verhörspezialist-Azubi vor ein paar Minuten mit seinem Boss geführt hatte. Jetzt konnte er sich auch denken, warum er hier saß. Man hatte anscheinend den Verdacht, dass er und Volkert zusammenarbeiten.

"In Frankfurt."

"Nein!" und nach einer kleinen Pause: "Nicht, dass ich wüsste. Immerhin ist Volkert nicht gar so selten. Aber in Frankfurt? – Nein!"

"Sind sie sich auch ganz sicher? - Es wäre besser, wenn sie sich jetzt erinnern, denn wenn sie uns ankohlen, haben sie hier nichts zu lachen. Das kann ich ihnen schon mal versprechen."

"Keine Ahnung. Was ist denn mit diesem Volkert?"

"Das geht sie nichts an."

"Das wär's dann?"

"Wir sehen uns morgen um sechs. Ich wiederhole mich ungern. Aber sehen sie zu, dass sie ihr Konto wieder flüssig kriegen. Solange bleiben sie in ihrer Kabine hier auf Deck 5."

"Das ist wohl ihre erste Klasse, was?"

Der "Banker", wie Rütter ihn bei sich nannte, stand auf, knipste die Lampe aus und führte ihn aus dem Raum. Draußen saß seine Frau, augenscheinlich war sie ziemlich

90

genervt von der Warterei, aber auch ängstlich, weil sie nicht wusste, was das alles sollte und wohin es noch führen würde. Herr Rütter nickte ihr aufmunternd zu und sie gingen zusammen auf den Gang hinaus, wo sie sofort ein Security-Mann in Empfang nahm und sie wieder zurück in ihre Zelle brachte.

* * *

San Diego, Ca, USA
32° 36' 41.96" N 117° 15' 02.74" W
(Google-Position)

Den Rest des Tages verbrachten sie in ihrer Zelle. Ein sehr einfaches Mittagessen wurde ihnen gebracht und auch die drei Scheiben Brot, die das Abendessen darstellen sollten, waren weit davon entfernt Mahlzeiten auf einem Kreuzfahrtschiff zu ähneln. Hoffentlich buchten sie das nicht als Extras von seinem Konto ab. Rütter erzählte seiner Frau den Verlauf des Gesprächs mit dem "Banker", allerdings ohne Wertungen und Vermutungen über Sinn und Zweck des Gesprächs zu äußern. Sie unterhielten sich nur über Belangloses. Dummerweise hatten sie nicht rechtzeitig einen Code verabredet, der es ihnen jetzt erlaubt hätte, das auszudrücken, was sie tatsächlich bewegte.

Sie konnten im Moment nur gute Miene zu bösem Spiel machen und sich vermeintlich normal verhalten.

Trotz allem schliefen sie relativ schnell ein. Als Rütter mitten in der Nacht aufwachte, merkte er am Geräusch und den Vibrationen des Schiffes, dass es anscheinend keine Fahrt mehr machte oder nur ganz langsam fuhr. Ohne Licht zu machen, schlich er zum Bullauge und sah hinaus. Er sah zu seiner Überraschung Lichter einer Großstadt in der Ferne. Sofort holte er den Rasierapparat aus der Nasszelle, kippte das Bullauge und hielt das Gerät an den offenen Spalt und schaltete den Rasierer ein, der jetzt statt zu rasieren, den GPS-Empfänger mit Strom versorgte. Er hatte schon eine Zeitlang in dieser Haltung verharrt, war aber dabei eingeduselt und hatte den Rasierapparat dabei ausgeschaltet. Er schaltete ihn als wieder ein und dabei kam ihm eine Idee. Er erinnerte sich an seine Jugend und an die Methode der Nachrichtenübermittlung, die damals üblich war. In der Schulzeit hatten sie sich untereinander während des Unterrichts Zettel und Papierstreifen zugeschoben, auf denen sie mit Morsezeichen hochwichtige Geheimnisse, Ergebnisse und Verabredungsdaten übermittelt hatten. Seit dieser Zeit waren ihm diese Zeichen immer im Gedächtnis geblieben, wie ein Gedicht, das viele Schüler seiner Generation noch auswendig aufsagen konnten. Einmal in der Schule gebimst, heute noch jederzeit abrufbar.

Sofort machte er sich daran, mit Hilfe des Schalters lange und kurze Impulse von GPS-Daten zu erzeugen, indem er den Apparat ca. zwölf Sekunden für "Lang" einschaltete, drei Sekunden Pause machte und vier Sekunden für "Kurz" einschaltete. Er hoffte, dass sich dadurch entsprechende lange Sendefolgen der GPS-Daten ergaben und er damit Hilfe herbeiholen konnte. Soweit war er schon gekommen, dass er glaubte, ohne Hilfe und Unterstützung von Außen nicht mehr von Bord zu kommen.

Er sendete jetzt: "S O S   S O S   S O S   D E C K 5"   und dann wiederholte er die gleiche Folge der Zeichen. Immer wieder und wieder. Im Morsealphabet ergab sich also:

"··· _ _ _ ··· ··· _ _ _ ··· ··· _ _ _ ··· _·· · _·_· _·_ ·····"

Das hielt er einige Stunden durch. Die Anspannung, dabei nur ja keinen Fehler zu machen und die richtige Folge von Zeichen zu schalten, hielt ihn wach. Das Einzige was ihm zu schaffen machte, war die unnatürliche Haltung am Bullauge, die er aber beibehalten musste, wollte er nicht riskieren, dass Zeichen wegen ungenügendem Empfang oder fehlender Sendeleistung unterdrückt oder verfälscht wurden.

Erst kurz nach Fünf gab er auf und verstaute seinen Rasierer wieder an seinem Platz und legte sich noch einmal hin, um seine verrenkten Glieder wieder zu entspannen. Es gelang ihm dann sogar noch einmal kurz einzuschlafen. Als das Licht, offensichtlich auch ferngesteuert, am Morgen anging, sah es tatsächlich so aus, als er hätte er die ganze Nacht normal durchgeschlafen.

* * *

Frankfurt 50° 08' 39.26" N 8° 42' 16.85" O

(Google-Position)

In Köln saßen mittlerweile drei technisch versierte Polizisten der Soko-Rentner in einem laborähnlichen Büro und versuchten rund um die Uhr GPS-Daten von dem Kreuzfahrtschiff zu empfangen. Der Funkverkehr war erst abgebrochen als das Schiff zig Meilen von Santa Catalina aus nach Westen gefahren war, aber seit ca. Zehn Uhr wurden wieder Signale empfangen und sie kamen jetzt aus dem Seegebiet vor San Diego. Mittlerweile hatten sie das Equipment aufgerüstet und die Daten wurden direkt mit Google gekoppelt. Die Verfolgung des Kurses war so ziemlich einfach. Probleme machten ihnen aber die Unter-brechungen, die das Signal dauernd zerhackten. Damit sie nicht permanent auf das Empfangsgerät schauen mussten, hatten sie sich ein primitives akustisches Warngerät ge-baut, damit ihnen Unregelmäßigkeiten, Aussetzer oder sogar das totale Ausbleiben des Signals auch bewusst wurde, wenn sie mit anderen Dingen beschäftigt waren. Als ein Kollege von der Funkbereitschaft ins Büro kam, der noch einen Verstärker brachte, den sie als Ersatzgerät haben wollten, unterhielten sie sich mit ihm über die mittlerweile unübersichtliche Vernetzung ihrer Gerätschaften, als er auf einmal den Finger an den Mund hielt und ausrief: "Ey, seid mal leise! Das Geräusch kommt mir so vor, als wären die Unterbrechungen ganz systematisch. Hört mal genau hin! Das sind Morsezeichen!"

Sofort waren alle hellwach. Einer hatte die Signale grafisch ausgedruckt und wenn keine kamen wurde eine Lücke gedruckt. Tatsächlich, wenn man das Blatt aus etwas größerer Entfernung betrachtete, ergaben sich Zeichenblöcke aus größeren und kleineren Datenpäckchen. Sie stellten schnell fest, dass sich bestimmte Anordnungen schon seit längerem immer wieder in gleicher Weise wiederholten. Der Funkexperte hatte dann auch schnell die Bedeutung erkannt und schrieb den staunenden Kollegen den so übermittelten Text an eine Tafel.

Sie lasen: SOS SOS SOS Deck 5

Sofort wurde Kummer gesucht, um ihm diese Neuigkeit zu überbringen. Kommissar Kummer war aber zur gleichen Zeit auf eine Spur gestoßen, die fast genauso brisant war. Bei seinen Recherchen hatte er noch einmal den Bericht der Aussage von Sebastians Vater studiert, die dieser mittlerweile bei der Polizei in Frankfurt gemacht hatte.

Seine missglückte Aktion etwas über dieses FreiAlt-Projekt herauszubekommen, war den vor Ort ermittelnden Beamten so bekannt geworden. Kummer hatte sich routinemäßig die Unfälle im besagten Zeitraum auf diesem Autobahnabschnitt durchgeben lassen und war auf einen VW-Touareg gestoßen, der hinter der Abfahrt Friedberger Landstraße aus ungeklärten Gründen in die Absperrung einer Baustelle gefahren war und sich überschlagen hatte. Da kein anderes Auto daran beteiligt schien, blieb der Fall relativ unbeachtet. Der Fahrer war schwer verletzt in ein Krankenhaus eingeliefert worden und da war er auch immer noch. Der Unfallwagen war ein Leihfahrzeug und alles schien ganz harmlos zu sein. Bei Nachforschungen beim Autoverleiher stellte sich heraus, der Wagen war einem Kunden ausgehändigt worden, für den er auch bestellt war, die Kosten aber von einer Kreditkarte abgebucht worden, die nicht dem Mieter gehörte. Der Inhaber der Kreditkarte war ein Amerikaner, der in Frankfurt lebte, aber schon öfter mit der Polizei zu tun hatte. Hehlerei, versuchte Erpressung und Anlagebetrug. Immer kam er aber wieder frei, wegen mangelnder Beweise oder sonstiger angeblicher Formfehler. Zuletzt war er als Agent bei einem großen Reiseveranstalter tätig. Sie hatten sofort versucht diesen Kreditkarteninhaber aufzuspüren, er war aber vor ein paar Tagen nach San Francisco geflogen und ihnen damit erst einmal durch die Lappen gegangen. Der Unfallfahrer war noch im Krankenhaus, wurde dort verhört und war auch sofort geständig, nachdem man ihn mit dem versuchten, aber missglückten Abdrängen eines PKW konfrontierte. Er gab zu, den Auftrag von dem gesuchten Amerikaner erhalten zu haben. Er sollte dem Mann, dessen Namen er nicht kannte, sondern nur das Autokennzeichen, einen gehörigen Schrecken einjagen. Leider war an diesem Tag die Baumaschine auf der Autobahn abgestellt und er ist, nachdem der andere ihm entwischt war, leicht ins Schleudern geraden und gegen eine Absperrung gefahren und hatte dann die Gewalt über das Auto verloren. Aus welchem Grund ausgerechnet er den Auftrag erhielt und was das Ganze sollte, wusste er nicht.

Bei dem Reiseveranstalter erfuhr Kummer aber interessante Dinge. Der Amerikaner war wegen Datendiebstahls entlassen worden. Er hatte Daten von offensichtlich betuchten Reisewilligen, die besonders an Kreuzfahrten und Weltreisen interessiert waren, an einen anderen Veranstalter weitergegeben. Dieser andere Veranstalter war anscheinend entweder eine Tochtergesellschaft der Rentenversicherung oder die Rentenversicherung hatte in diesen Veranstalter besonders stark investiert, so genau wusste man es nicht. Allerdings soll das Reiseunternehmen im Zuge der Bankenkrise und weil die Rentenversicherung, bevor die Öffentlichkeit es merkt, schnell wieder aus riskanten Geschäften aussteigen wollte, an den amerikanischen Investor Greenriver verkauft worden sein. Angeblich soll sehr viel russisches Geld an Greenriver beteiligt sein.

So weit die Erkenntnisse aus Frankfurt.

Als Kummer die Sache mit dem SOS-Ruf aus San Diego verdaut hatte, wusste er, hier musste ganz schnell eingegriffen werden. Irgendwie hingen diese Dinge sehr eng miteinander zusammen.

Er beorderte sofort einen Kriminal-Beamten mit Erfahrungen in internationalen Bankgeschäften für den nächsten Morgen zu Rütters Bank in Köln. Er nahm an, dass sich dort in der nächsten Zeit etwas tun würde und befürchtete zusätzlich, die Sperrung des Kontos könnte für Rütter gefährlich werden, denn die Täter, das hatte man ja jetzt erfahren, zögerten nicht lange und machten schnell Ernst. Er wollte von der ersten Sekunde an am Ball sein. Als nächstes versuchte er über Interpol und Bundeskriminalamt die Kollegen in San Diego auf die Dinge, die sich direkt vor ihrer Haustür abspielten, aufmerksam zu machen.

Seinen Kollegen am GPS-Empfang schärfte er ein, die Position weiter genau zu bestimmen und alle Veränderungen unverzüglich an ihn weiterleiten. Für einen Zugriff auf offener See gab es seiner Meinung nach keine bessere Gelegenheit und Örtlichkeit als dort. San Diego ist eine der größten Marine-Basen, wenn nicht sogar die größte, der USA und außerdem sind dort die Marines, die US-Elitetruppe, stationiert.

Bis alles eingefädelt war und der Kriminalist dann auch wirklich in der Bank an der richtigen Stelle saß und allen die Brisanz des Falles klar war, vergingen ein paar Stunden. Sie versuchten eine Legende für die Kontosperrung zu erfinden, damit niemand Verdacht schöpfen konnte. Sie wollten behaupten, dass es zwei Kunden mit dem Namen Rütter bei der Bank gibt, die dummerweise auch noch eine ähnliche Kontonummer haben. Durch einen Eingabefehler wäre nicht mehr nachvollziehbar gewesen, für welches Konto die Ermächtigungen von Jürgen Rütter galten. Abhilfe wurde durch die Sperrung beider Konten erreicht und erst eine schriftliche, besser persönliche, entsprechende Order der beiden Kontoinhaber sollte die Sperrung wieder rückgängig machen können.

Das konnte dann auch mit ein paar Ausdrucken mit verdrehten Nummern und sonstigen Datensätzen belegt werden. Dann kam der Anruf aus den USA.

Er wurde umständlich auf den Kontoführer umgestellt, damit genug Zeit war, alle angeschlossenen Geräte zur Aufnahme und Ortung des Anschlusses einzustellen und zu konfigurieren.

"Guten Tag, hier spricht Jürgen Rütter von Bo......." Rütter kam nicht weiter, weil der "Banker" ihm den Hörer entriss und das Mikrophon zuhielt. Da die Worte bei dieser Verbindung immer etwas verzögert wurden, fiel die Lücke nicht besonders auf.

"Hallo Herr Rütter, ich bin Carsten Schommer, ihr Kontoführer, was kann ich für Sie tun?"

"Herr Schommer, mein Konto ist gesperrt und ich kriege hier Schwierigkeiten, wenn es nicht sofort wieder zur Verfügung steht."

"Ja, Herr Rütter, wir verstehen Ihren Ärger, aber durch einen Eingabe- oder Übermittlungsfehler wurden auf unserer Seite Daten so verändert, dass wir aus Sicherheitsgründen mehrere Konten sperren mussten. Es sind auch noch andere Konten davon betroffen. Können Sie hier in die Bank kommen, um mit uns zusammen die Sache klären."

"Wie soll das gehen? Ich bin hier auf See, mitten im Pazifik auf einem Kreuzfahrtschiff."

"Ich verstehe. Das ist jetzt wirklich ein Problem. Einen Moment, ich muss mal kurz rückfragen." Es dauerte einen Moment und man hörte nur einige Wortfetzen auf der anderen Seite, dann kam Herr Schommer wieder ans Telefon: "So, ich bin wieder da. Wir könnten Ihnen einen Schriftsatz faxen und Sie faxen ihn uns, von allen Beteiligten unterschrieben, wieder zurück. Sie müssten aber bei nächster Gelegenheit, wenn sie wieder zurück sind, hier zu uns ins Haus kommen und alles beglaubigen. Geht das, Herr Rütter?"

"Das hört sich ja ziemlich unkompliziert an. Ich hoffe, dass es dann auch sehr schnell über die Bühne geht. Sehr viel

Spielraum habe ich hier nicht. Salve olie selux, wie der Lateiner sagt."

"Vielen Dank, für Ihre Kooperation, Herr Rütter. Wir werden unser Möglichstes tun, um alles wieder in Ordnung zu bringen. Wir bedauern noch einmal, dass wir Ihnen damit vielleicht Probleme gemacht haben. Ich bin sicher, alles wird gut. Die Unterlagen gehen heute noch an Sie raus, würden Sie mir bitte noch Ihre Fax-Nummer sagen?"

Wieder griff der "Banker" ein, hielt das Mikrophon mit der Hand verdeckt zu und gab Herrn Rütter den nächsten Satz vor. Er sagte deshalb:

"Nehmen Sie die gleiche Nummer, die Sie auf Ihrem Display sehen. Okay? Und beeilen Sie sich."

"Verstanden. Ich lese ihnen die Nummer jetzt noch einmal vor: 00148624466751. Okay?"

"Ja, stimmt. Bitte, beeilen Sie sich! Auf Wiederse... " Aufgelegt oder abgebrochen.

"Okay. Das war's!" Der Kommissar war zufrieden. Der Dialog hörte sich normal an und war der Gegenseite anscheinend auch plausibel vorgekommen. Herr Rütter war ein Schlitzohr, denn den Spruch des Lateiners konnte man nur mit SOS übersetzen. Hoffentlich fiel ihm eine harmlose Deutung für seine Bewacher ein, denn dass er völlig frei und ungestört reden durfte, konnten sie sich nicht vorstellen.

"Öllampe sei gegrüßt, könnte er sagen, heißt soviel wie Licht ins Dunkel bringen, aber das muss jetzt seine Sorge sein. Wir sollten irgendetwas unternehmen um ihn und die anderen Rentner dort herausholen."

"Wir werden jetzt möglichst schnell Papiere rüberfaxen und dann warten. Mit der Freigabe werden wir uns dann aber wieder etwas Zeit lassen, damit sie Möglichkeiten haben etwas anzuleiern. Viel Glück und viel Erfolg Herr Kommissar."

"Vielen Dank für die gute Zusammenarbeit Herr Schommer. Ich überlege mir noch, ob ich nicht zu Ihrer Bank wechsle. Diese unbürokratische Art gefällt mir. Machen Sie weiter so und tschüss! Ich mache mich jetzt direkt auf den Weg zum Hauptquartier."

* * *

San Diego, Ca, USA
32° 36' 41.96" N 117° 15' 02.74" W
(Google-Position)

Das Telefon wurde aufgelegt und der "Banker" steckte seinen Revolver wieder hinten unter dem Jackett in den Hosenbund, genau so, wie man es in Hunderten von Krimis schon gesehen hat. Während des Telefonats hatte er sie Herrn Rütter in den Nacken gedrückt. Herr Rütter wischte sich die Schweißperlen vom Gesicht und war über den glatten Verlauf des Gesprächs erleichtert. Zum Glück schien sich der "Banker" keine Blöße geben zu wollen und fragte nicht, was der lateinische Spruch denn heißen sollte. Er hoffte nur, dass es am anderen Ende der Leitung nicht genauso ablief. Der "Banker" stand auf und führte ihn wieder zur Tür, nicht ohne ihm einzuschärfen, keine Mätzchen zu machen und alles zu unterschreiben, was sie ihm vorlegen würden, wenn die Papiere da sind. Sie führten ihn wieder in die Kantine, wo er zusammen mit seiner Frau das sehr simple Frühstück zu sich nahm und dann wieder in die Zelle gebracht wurde.

In der Zelle überlegt er sich, wie er weiter die Position funken konnte, ohne von der Kamera erfasst zu werden. Er kam auf die Idee, den Rasierer an eine Wolldecke zu nähen und dann eingeschaltet an das Bullauge zu klemmen. Es sollte so aussehen, als wollte er die Zelle abdunkeln, um noch ein bisschen Schlaf zu kriegen. Man hatte ihnen das Not-Nähzeug gelassen und so gelang es ihm auf der Toilette den Rasier anzubringen und in die Nähe des Spalts im gekipptem Bullauge zu bringen. Sie waren immer noch in Sichtweite der Stadt, die hoffentlich San Diego war.

Drei Stunden später kam der "Banker" in seine Zelle und unterbreitet ihm die Unterlagen zur Unterschrift. Er sagte nichts, sondern gab ihm einen Kuli, blätterte in dem Stoß und deutete an die Stelle, die schon von der Bank mit einem Kreuz versehen war. Diese Unsitte wurde anscheinend auch in solchen Situationen kompromisslos durchgezogen. Er konnte nicht so schnell erkennen, auf was er sich da einließ und er wusste auch nicht, ob das jetzt eine getürkte Sache war oder ob es tatsächlich dazu diente, den beschriebenen Datenfehler auszumerzen. Anscheinend gab es auch keine Mitteilungen an ihn, denn der "Banker" war ziemlich ungerührt bei der ganzen Prozedur. Er nahm die cirka zwanzig Seiten wieder an sich, blätterte sie kurz durch und verschwand wieder ohne ein weiteres Wort.

Bald darauf wurden sie zum Mittagessen in die Kantine gebracht und nachdem sie ihr Essen gefasst hatte, es gab so eine Art Mensa-Chili-con-carne, an einen Tisch abseits von den anderen gesetzt. Wechslers waren nicht zu sehen. Einige der Männer hatten Blessuren im Gesicht, die meisten Frauen waren ungekämmt und hatten rote, verweinte Augen. Er musste das Schlimmste befürchten, wenn er noch länger hier bliebe. Er konnte sich aber immer noch nicht so recht vorstellen, was hier eigentlich wirklich abging.

* * *

Berlin 52° 29' 22.62" N 13° 18' 28.63 O
(Google-Position)

In einer Nacht- und Nebelaktion wurden in Frankfurt und Berlin Büros der Rentenversicherung durchsucht und der Inhalt ganzer Aktenschränke beschlagnahmt. Ein ganzes Heer von Ermittlern machte sich sofort an die Auswertung und es dauerte auch nicht lange, bis man in Berlin fündig wurde, denn akribisch war der ganze Schriftverkehr festgehalten, alle Konferenztermine und Tagesordnungspunkte und Beschlüsse aufgelistet und so wurden, eigentlich ganz offen, wenigstens innerhalb der beteiligten Abteilungen der Rentenversicherung, die Gründe für den Aufbau und die Fortschritte bei der Umsetzung des so genannten "FreiAlt"-Projekts genau dokumentiert und nachvollziehbar gemacht.

Man wollte für "betuchte" Rentner, bevorzugte Zielgruppe waren Selbstständige, die weiter Höchstbeträge in die Rentenversicherung eingezahlt hatten, eine besondere Attraktion anbieten und gleichzeitig eine lukrative Geldanlage im Kreuzfahrtbereich tätigen.

Es war geplant, ein Schiff zu chartern und mehrwöchige Reisen zu organisieren, die zu Weltreisen erweitert werden konnten. Die Fahrtkosten wurden durch die Rente gedeckt, aber alle Extras, bessere Verpflegung, gehobene Unterbringung, Ausflüge, Theater und Starauftritte, sollten auch extra abgerechnet werden. So erhoffte man sich ein gewinnbringendes Geschäft mit seiner hauptsächlichen Kundschaft, den Rentnern. Grundidee war natürlich, die ganze Sache als exklusive Möglichkeit für eine auserlesene Elite-Rentner-Gruppe anzubieten. Es gelang auch in den ersten Monaten. Es wurden dann bald zwei Schiffe angeschafft. Eins nur für "FreiAlt" und das andere wurde an einen Anbieter in der Karibik verchartert, denn es war durch den allgemeinen Reise-Boom ein Engpass für Funschiffe entstanden. Das innovative Projekt wurde schnell ein Erfolg, der zu bekannt zu werden drohte, mit allen bösen Folgen wie Medien, Rechnungshof und Skandalmeldungen über den Umgang mit Rentengeldern. Zusätzlich sah man Anzeichen für kommende Banken-Zusammenbrüche in den USA wegen risikoreicher Hypothekenzusagen. Deshalb wurde der ganze Bereich, schnell und ohne großes Aufsehen, still und heimlich, an eine amerikanische Investorengruppe verkauft. Das war der Stand der Dinge. Mehr konnte man aus diesen Akten nicht entnehmen. Die richtige Klientel wurde von so genannten Agenten bei Reiseunternehmen "gefunden". Hauptsächlich waren es weltreisende Rentner, die das richtige Angebot nicht auf Anhieb im Katalog finden konnten und deshalb als "schwierig" galten. Anscheinend erforschten die Agenten auch das Umfeld und lieferten umfangreiche Dossiers über den Familienstand und -größe, Besitztümer in Aktien und Immobilien und ähnliche Daten ab. Daraus wurde dann ausgewählt und entsprechende Angebote gemacht, die dann auch gern angenommen wurden. Einer dieser Agenten war der Amerikaner, der in Frankfurt den Auftrag für das Abdrängen von Herrn Volkert gab. Über die Ehepaare Wechsler, Schaller und Gester fand man nichts, weil diese Kunden anscheinend erst später buchten, als der Veranstalter schon nicht mehr die Rentenversicherung war. Die Spur führte also in vieler Hinsicht wieder nach Amerika.

Diese Ermittlungsergebnisse wurden sofort der Kölner Soko übermittelt und Kommissar Kummer setzte sich vehement dafür ein, jetzt ohne jede Verzögerung loszuschlagen und in San Diego alles für eine sofortige Befreiung der Deutschen zu unternehmen. Er war sicher, einer ziemlichen Schweinerei auf der Spur zu sein. Außerdem glaubte er, nicht mehr viel Zeit zu haben, denn lange konnte es nicht mehr dauern, bis die List mit dem gesperrten Konto aufflog und Herr Rütter wirklich in Gefahr geriet.

Er ging zum Fax, um ein Amtshilfeersuchen an die Polizei in San Diego zu schicken und rief parallel dazu bei Interpol an, damit ein Haftbefehl für den Amerikaner ausgestellt werden konnte.

Von einem Kollegen beim Bundeskriminalamt hatte er von einer Gruppe deutscher Polizeikräfte gehört, die bei San Diego in der südkalifornischen Wüste Anza-Borrego für den Einsatz in Afghanistan ausgebildet wurde. Die wollte er gerne als Unterstützung anheuern, um die vielen deutschen Rentner zu betreuen, die man auf dem Schiff vermutete. Sie rechneten mit mehr als 2000 Rentnern auf einem solchen Schiff.

Nach einer Stunde meldeten nach und nach alle Stellen und Behörden, die sie eingeschaltet hatten, dass die Aktion "Gute Reise" in San Diego angelaufen sei.

* * *

San Diego, Ca, USA
32° 36' 41.96" N 117° 15' 02.74" W
(Google-Position)

Nach einem sehr kargen Abendessen in ihrer Zelle saßen beide Rütters auf ihren Stühlen und schwiegen. Herr Rütter hatte die Verdunkelung am Bullauge entfernt, einerseits um keinen Verdacht bei ihrem Bewachungspersonal zu erwecken, andererseits war aber auch der Akku erschöpft, weil er in der Zelle nicht nachzuladen war. Es gab nämlich keine Steckdose. Sie warteten stumm auf ein Ereignis, ob mit negativem oder positivem Vorzeichen, war ihnen mittlerweile fast egal. Nur passieren sollte etwas. Irgendwann musste die Sache mit dem gesperrten Konto ja auffliegen. Die Tür nach draußen war verschlossen. Da es kein Schlüsselloch gab, vermutete er ein elektro-magnetisches Schloss.

Die Sonne stand schon am Horizont als er Hubschraubergeräusche vernahm. Er ging zum Bullauge und sah in der Ferne die Stadt und in der Nähe mehrere Schiffe, die Kurs auf ihren Dampfer hielten. Er nahm an, es waren die Hochhäuser von San Diego und er wusste, San Diego hat eine riesige Marine-Basis und Manöver mit Schiffsbewegungen aller Art waren an der Tagesordnung. Irgendwie kam ihm diese Aktion aber sehr zielgerichtet vor. Ein Boot der US-Coast Guard an der Spitze der kleinen Flotte hatte sie jetzt fast erreicht und machte Anstalten längsseits zu gehen. In der Ferne konnte man mehrere Hubschrauber sehen, die auch auf ihr Schiff zuhielten. Während er sich noch Gedanken machte, ob er diese Aktionen ernst nehmen sollte oder ob es zufällig ein Manöver in ihrer Nähe war, spürte er, wie die Maschinen mit aller Kraft anliefen und das Schiff nach Westen drehte. Jetzt wusste er, es war kein Manöver. Der Kapitän versuchte mit voller Kraft internationale Gewässer zu erreichen. Das US-Coast Guard Schiff war jetzt nicht mehr zu sehen, weil es unter ihm, außerhalb seiner Sicht, in Rumpfnähe war. Plötzlich bemerkte er den Kiel eines der Rettungsboote, das von oben nach unten durch das Blickfeld des Bullauges schwebte. Einige Besatzungsmitglieder, darunter auch der "Banker", versuchten das Boot von der Bordwand abzustoßen, um es am vorzeitigen Kentern zu hindern. Es verschwand nach unten Richtung Wasseroberfläche und er konnte nur ahnen, dass sie sich auf diese Weise aus dem Staub machen wollten. Die Hubschrauber waren jetzt praktisch über ihrem Schiff. Die Boote, das konnte er jetzt im Licht der gerade untergehenden Sonne erkennen, waren Kriegsschiffe der US-Marine.

Plötzlich sah er wie von einem Geschütz des vordersten Schiffes eine Granate oder eine Rakete abgefeuert wurde. Wahrscheinlich der sprichwörtliche Schuss vor den Bug. Noch bevor er diesen Gedanken zu Ende denken konnte, erschütterte ein heftiger Ruck das Schiff und ein ohrenbetäubender Krach folgte sofort. Ein paar Sekunden später fiel der Strom aus und sie saßen im Dunkeln. Herr Rütter sprang zur Tür und siehe da, man konnte sie öffnen. Der Gang war, soweit man das erkennen konnte, menschenleer, denn nur ein paar funzelige Notleuchten brannten und erhellten das Dunkel sehr dürftig. Er befahl seiner Frau in der Zelle zu bleiben, während er erkunden wollte, ob jetzt ein Weg zu den anderen Decks zu finden sei. Frau Rütter weigerte sich jedoch, allein zurückzubleiben. Sie hatten keine Zeit das lang und breit auszudiskutieren. So gingen sie denn zu zweit nach links den Gang herunter. Sie lief hinter ihrem Mann und hielt sich mit einer Hand an seinem Hosenbund fest. Mittlerweile öffneten sich auch andere Türen zaghaft und verschreckte Leute steckten ihren Kopf durch den Türspalt. Rütter zog seine Frau weiter vorwärts.

Weit vor ihnen rannten Security-Leute den Gang hinunter. Anscheinend verließen die Ratten das Schiff. Das konnte ihnen nur Recht sein.

Nach zwei sperrangelweit geöffneten Türen kamen sie an eine geschlossene. Herr Rütter hämmerte dagegen und fand dann erst den Knauf, den man drehen musste. In der

Zelle lagen zwei Personen festgeschnallt auf dem Bett, wahrscheinlich eines der Ehepaare. Sie öffneten die Verschlüsse, halfen ihnen aufzustehen und hasteten weiter.

Jetzt gab es anscheinend keine Zellen mehr, denn die Abstände zwischen den einzelnen Türen wurden größer. Als sie die nächste Tür öffneten, erkannten sie erst einmal nichts in dem Raum. Als sich ihre Augen an die Dunkelheit gewöhnt hatte, entpuppte sich der Raum als eine Art Intensivstation, die nur durch die Skalenbeleuchtung einiger Geräte erhellt wurde. Zwei Gestalten waren mit Gurten auf einem Operationstisch fixiert. Auf einem Regal fanden sie eine Lampe, wie sie benutzt wird, um die Pupillen anzuleuchten. Damit stellten sie fest, dass es sich um das Ehepaar Wechsler handelt und sie sahen Schläuche, die zu einer Kanüle an ihrem jeweils rechten Arm führten.

Die Flaschen, mit denen die Schläuche verbunden waren, enthielten eine Flüssigkeit. Da der Strom ausgefallen war, tropfte nichts aus den Behältern. Wahrscheinlich waren sie nicht an den Notstrom angeschlossen. Herr Rütter wusste nicht, was er machen sollte. Seine Frau drängte sich jetzt vor, nahm ihm die Lampe aus der Hand und begann die Aufschrift an der Infusionsflasche zu entziffern und die Packungen, die in der Nähe des Tisches lagen, zu untersuchen.

"Es ist Pentothal, ein Barbiturat. Damit sollten sie in ein Koma versetzt werden."

"Und was machen wir jetzt? - Woher weißt Du das?"

"Schon vergessen? Ich war mal Altenpflegerin und habe in einem Krankenhaus auf der Palliativ-Station hospitiert. Anscheinend ist noch nichts passiert, weil der Strom ausfiel. Sie sind nur etwas betäubt und stehen unter Schock."

"Da fällt mir ja ein Stein vom Herzen."

"Wir trennen sie von den Schläuchen, decken sie zu und kommen zurück, wenn wir klar sehen, was hier passiert."

"Okay, Schwester!"

Sie zogen die Schläuche aus den Kanülen, suchten sich Decken und warfen sie über das Ehepaar. Herr Rütter hatte dabei die Gasflaschen, die in den Regalen lagerten, untersucht und festgestellt, dass sie Kohlenmonoxid und Rußstaub enthielten. Er konnte sich im Moment noch keinen Reim darauf machen, behielt es aber im Gedächtnis, denn irgendwie schwante ihm etwas Fürchterliches. Sie öffneten die nächste Tür und fanden ein kleines Schwimmbecken, über dem ein Kran mit Gurten montiert war. Es standen zwei leere Bahren daneben, sonst war der Raum leer. Nur in einer Ecke lag ein Stapel Schwimmwesten. Auch hier verstand Herr Rütter nur Bahnhof.

Mittlerweile hatte sich der Gang doch noch bevölkert. Verängstige Rentner liefen hin und her und versuchten irgendwie einen Ausgang zu finden. Man hörte hin und wieder Geräusche, die wie Schüsse klangen, Lautsprecherdurchsagen und laute englische Rufe, die sich militärisch anhörten. Die Vibrationen von der Maschine waren jetzt nicht mehr zu spüren.

Sie rannten weiter und bahnten sich einen Weg durch die herumstehenden Leute. Das Ende des Ganges war durch eine Wand verschlossen. Herr Rütter leuchtete nach oben und sah einen Hebel, ähnlich denen an der Ausgangstür in einem Bus oder der Bahn. Er zog daran und die Wand glitt, hydraulisch oder pneumatisch betätigt, zur Seite und sie standen im Treppenhaus.

Sie hatten sich gerade darüber verständigt nach oben zu laufen, da sie nach draußen an die frische Luft wollten, statt immer tiefer in ein von einer Rakete getroffenem Schiff hinabzusteigen, als ihnen zwei Marines mit vorgehaltener Maschinenpistole von oben entgegensprangen. Dicht hinter ihnen war ein dritter Mann mit einer starken Lampe, der sich dann als Polizist in deutscher Uniform herausstellte. Rütters waren verblüfft und erst einmal sprachlos.

In diesem Augenblick ging das Licht wieder an und die Marines verschwanden in dem Gang hinter ihnen, während der Polizist sie unterhakte und mit ihnen die Treppe nach oben ging.

Er erklärte ihnen, was das alles zu bedeuten hätte und als er erfuhr, dass er es mit Rütters zu tun hätte, war er ganz aus dem Häuschen und drängte sie dann noch schneller zu gehen, weil er sie sofort mit dem befehlshabenden Offizier zusammenbringen wollte, denn ob sie es glaubten oder nicht, wegen ihnen wäre der ganze Zauber hier in Gang gesetzt worden.

Das haute sie jetzt wirklich um und sie rannten nun fast neben ihrem Begleiter durch die Gänge, bis sie dann endlich die Brücke des Schiffes erreichten.

Zwischen all den Uniformierten machte Jürgen Rütter und seine Frau Ingrid in ihrer trist grauen "Anstaltskleidung" keine besonders gute Figur. Die Offiziere, Soldaten und Polizisten bevölkerten zahlreich die großräumige Brücke. Selbst der Kapitän, der mit einigen seiner Offiziere, mit Schwimmwesten in Orange und von Kopf bis Fuß nass, von Marines bewacht, an der Rückwand vor einem riesigen Bild des Schiffes stand, gab noch ein besseres Bild ab.

Überall wohin er kam, klopfte man Rütter auf die Schulter, andere klatschten Beifall und die entfernter Stehenden hoben wenigstens die Hand, mit dem Daumen nach oben oder machten mit Zeige- und Ringfinger das Victory-Zeichen.

Der amerikanische Marineoffizier, der die Aktion geleitet hatte, beglückwünschte Rütter überschwänglich und war sehr daran interessiert zu erfahren, wie er es geschafft habe, die Signale mit der alles auslösenden SOS-Botschaft zu senden.

Nachdem er alles erklärt hatte, auf die Situation von Wechslers und der anderen Rentner in Deck 5 und 6 hingewiesen hatte, erfuhr er die näheren Umstände ihrer Befreiung. Woher so plötzlich die vielen deutschen Polizisten kamen. Dass eine Rakete zwar irrtümlich ihr eigentliches Ziel verfehlt, aber dadurch zufällig die Energiezentrale lahmgelegt hatte und damit die "Kaperung" des Schiffes stark beschleunigte.

Der russische Kapitän war mit den anderen Flüchtenden beim Versuch das Rettungsboot zu wassern, kläglich gescheitert und regelrecht baden gegangen. Das Boot konnte auch mit dem besten seemännischen Können bei voller Fahrt nicht ohne Havarie aufs Wasser gesetzt werden. Es kenterte und alle mussten aus dem Pazifik gezogen werden, unter ihnen auch der "Banker".

Das Schiff wurde beschlagnahmt und in den Hafen von San Diego geschleppt.

In einigen gecharterten Maschinen brachte man später die Rentner nach Deutschland. Der Kapitän wurde wegen verschiedener Delikte in Amerika festgehalten, der "Banker" nach Deutschland ausgeliefert. Rütters flogen, nachdem sie ihre Aussagen gemacht hatten, ebenfalls nach Köln zurück.

* * *

Köln 50° 55' 42.17" N 6° 54' 59.44" O
(Google-Position)

Die ganze schreckliche Wahrheit hatte sich erst nach und nach herausgestellt, nachdem das Schiff von oben bis unten durchsucht worden war und alle Aussagen, Daten und Schriftverkehr ausgewertet waren. Die Haupttäter, die hinter allem steckten, waren zwar noch flüchtig, aber man war sich sicher, sie alle in den nächsten Monaten fassen zu können.

Nachdem die Schiffe von der Rentenversicherung verkauft worden waren, übernahm recht bald eine verbrecherische Gruppe aus dem Umfeld der russischen Mafia die Gewalt über die Investorengruppe. Die Idee war, betuchte ältere Ehepaare mit gehobenen Weltreisen auf das Schiff zu locken und sie dann zu zwingen, ihr ganzes Vermögen den Kriminellen zu überschreiben. Dazu wurden sie in Deck 5 und 6 gebracht und dort "weich gekocht". Sobald die Konten leer waren und bei ihnen nichts mehr zu holen war, wurden sie "entsorgt". So zynisch und menschenverachtend das auch klang, anders konnte man es nicht nennen. Sie kamen angeblich bei Unfällen um, meistens bei typischen Seeunfällen. Sie wurden betäubt und "ertranken" dann in dem Schwimmbad, das die Rütters gefunden hatten oder kamen bei einem Kabinenbrand ums Leben, wozu das Kohlenmonoxidgas und der Russ benutzt wurde, damit es möglichst echt aussah. Alles dies sorgfältig eingefädelt, um bei späteren Obduktionen wenigstens nicht auf den ersten Blick aufzufliegen. Da die "Unfälle" immer auf hoher See passierten oder bei Ausschiffungen in exotischen Ländern, ging auch immer alles glatt, bis Sebastian und Sandra Volkert auf den Plan traten und die ganze Lawine lostraten, die zur Erstürmung des Schiffes in San Diego und zur Befreiung der letztlich 2884 Rentner geführt hatte.

Leider war es kurzfristig nur in den wenigsten Fällen gelungen, das Vermögen der Geprellten wieder zu beschaffen.

Wechslers hatten Glück. Ihr Geld war noch im internationalen Geldtransfer unterwegs und konnte bis auf wenige Euro wieder auf ihr Konto zurückgebucht werden.

Eine Kreuzfahrt wollten sie alle aber in naher Zukunft nicht mehr unternehmen.

In der einschlägigen Boulevard-Presse gab es Schlagzeilen von einem "Albtraumschiff". Als bekannt wurde, dass die Reise ursprünglich von der Rentenversicherung veranstaltet wurde, war von einem gutgemeinten Versuch die Rede, der von gewissenlosen Verbrechern ins Gegenteil verkehrt wurde. Dann hielten einige selbsternannte Demographen-Experten die Aktion für einen Schritt in die richtige Richtung und am dritten Tag war Paris Hilton wieder in den Schlagzeilen, weil sie acht Stunden in der Gefängniszelle zubringen musste. Diesmal aber zusammen mit einem fünfköpfigen Kamerateam.